Einaudi

Giancarlo De Cataldo
La Svedese

Einaudi

ISBN 978-88-06-25425-4

La Svedese

Carcere di Rebibbia, oggi.

Due giorni dopo l'arresto, Vitaliano Currò, trent'anni, astro nascente dell'omonima cosca jonica, ricevette la visita del detenuto spesino. In teoria, il contatto fra un indagato nella cella d'isolamento e un carcerato di lungo corso era vietato, ma i divieti non contano, quando appartieni a una famiglia potente e disponi delle giuste conoscenze.

– 'A mamma vi saluta, don Vitaliano.

– D'unni si? – chiese il giovane, riconoscendo l'accento calabrese dello spesino.

– Caramassano 'i supra, – rispose pronto l'altro, un cinquantenne secco dal volto scavato.

– Di che famiglia? – s'informò, nominando le due famiglie di rispetto della zona.

– Gaggiulli.

Vitaliano si passò una mano sul mento – la barba cominciava a farsi ispida, sensazione quanto mai sgradevole, per un maniaco dell'aspetto fisico come lui – e sospirò.

– Come ti chiami?

– Truppolo Sebastiano, 'ntisu Bastiano.

– Bastiano, mi serve un telefono.

Lo spesino annuí, per niente sorpreso.

– Sarà fatto.

– Quando pensi di potermelo procurare?

– Domani pomeriggio, al massimo.

– Sta bene.

Qualcuno, forse una guardia, gridò qualcosa, ma il senso si perse nel rimbombo del lungo corridoio sul quale si affacciavano le celle d'isolamento.

– Io devo andare, sapete com'è...

Per la verità no, avrebbe voluto rispondergli Vitaliano. Per la verità io ho solo una vaga idea di come funzionano le cose qua. Io in carcere non ci avevo ancora mai messo piede. E contavo di tenermene alla larga. Con la mia laurea in Scienze aziendali, le mie tre lingue, il mio attico ai Parioli. E ci sarei riuscito, se non fosse stato per quell'infame.

– Certo, – confermò, invece, sorridendo.

– Allora, se non vi serve altro...

Fece segno di no. Lo spesino s'inchinò e uscí rinculando. Vitaliano si accasciò sulla branda, cercando di governare la rabbia montante.

La mattina dopo fu convocato per l'interrogatorio di garanzia. Poco piú che una formalità: il legale di fiducia, bloccato giú da uno sciopero degli aerei, aveva mandato al suo posto un giovane sostituto, che Vitaliano non si degnò nemmeno di salutare. Indispettito dall'assenza dell'avvocato, si avvalse della facoltà di non rispondere e chiese di tornare immediatamente in cella. Strada facendo, le guardie gli dissero che l'isolamento era stato revocato e che l'avevano ammesso alla vita in comune.

Il giovane avvocato una cosa buona l'aveva fatta, gli aveva portato una borsa con un cambio di biancheria, una maglietta, calzoni nuovi. Nel giro di pochi minuti Vitaliano si ritrovò nella cella con Sebastiano lo spesino. Un ambiente dignitoso: un letto a castello con il piano di sotto occupato, un minuscolo stanzino con un piccolo cesso, lavabo e doccetta, protetto da una porta che si poteva soltanto accostare, giusto per garantire un minimo di riservatezza, alle pareti ritratti di Padre Pio e della Madonna. Su un fornelletto da campo bolliva una pentola d'acqua.

– Ben arrivato, – lo salutò Bastiano, – mi sono permesso di mettere una cosa sul fuoco...

Vitaliano ringraziò con un cenno. Non aveva appetito. Le cose andavano male, proprio male. E tutto per colpa di quell'infame!

D'improvviso, lo spesino lo abbracciò. Sorpreso, Vitaliano lasciò fare. Fu questione di un attimo. Lo spesino si sciolse e si concentrò sul suo sugo. Durante il fugace contatto gli aveva fatto scivolare qualcosa in tasca. Aveva le dimensioni di una pen-drive, o della chiave della Jaguar che gli avevano sequestrato. Doveva essere un Microskill o un Threw di ultima generazione. Il cellulare piú piccolo del mondo.

– Io sto calando la pasta, – disse lo spesino, con aria noncurante, – siete sicuro di non voler approfittare?

– Rifiutare sarebbe scortese.

– Mettetelo sotto il cuscino del mio letto, – aggiunse l'uomo, – finché non lo usate. Adesso noi ci mangiamo due spaghetti, poi io devo fare il giro delle consegne, e voi avete mezz'ora per parlare in pace. Da qua la linea prende, ho già provato io. Parlate a bassa voce, e quando avete finito rimettete l'apparecchio sotto il mio cuscino. In caso di perquisizione, voi non ne sapete niente. In questo turno ci stanno guardie sicure, non dovrebbero rompere i cugghiuna, ma non si sa mai.

Vitaliano annuí. Avrebbe voluto ringraziare con piú enfasi, ma in famiglia gli avevano spiegato che un capo non ringrazia perché ciò che riceve gli è dovuto. Sono i vassalli, semmai, a dover ringraziare perché gli è consentito l'onore del servizio. Faceva parte di quelle regole di condotta della vecchia guardia che aveva dovuto dimostrare di aver assimilato. Aveva sperato di non doversene mai servire. E invece...

Divorarono spaghetti con una salsa piccantissima. Doveva essere una prova di calabresità, rifletté. Il buon umore tornava. Forse era solo questione di tempo e le cose si sarebbero rimesse a posto.

Finito il pranzo, lo spesino lavò i piatti e le posate di plastica dalle punte smussate che l'amministrazione concedeva ai carcerati. Una guardia venne a chiamarlo e se lo portò via per il giro delle consegne, compito molto ambito. Lo spesino era il detenuto di massima fiducia che girava fra i reparti, raccoglieva le richieste dei compagni di pena, distribuiva i pacchi. Di solito faceva l'informatore, ma non poteva essere il caso di questo Bastiano. Non con un Currò. Rimasto solo, Vitaliano prese l'apparecchio, si appartò nel bagno, accostando la porta, e compose un numero. La risposta fu immediata.

– Comu stai?

– Come devo stare?

– 'A mamma e 'u ziu tinni saluta.

– Dicci ca li pensu.

– Porta pazienza. C'è nu guagliunu ca si pia ru tortu.

– Bene.

– Ti serve qualcosa?

– La Svedese.

– E allora?

– Deve morire.

Roma, quindici mesi prima

I.

Brucia le torri
giriamo in mezzo ai palazzi
sono il king di 'sta merda
dimmi quanta ne piazzi
tu fatti da parte
mi prendo tutto il tuo spazio
i miei bro sono pronti
ora parte l'assalto...

C'era questo nuovo trapper, Eggy. Dice che veniva da un posto simile alle Torri. A Sharo piaceva da matti. C'era andata in fissa. Praticamente sentiva solo lui. Aveva mollato del tutto Capo Plaza e Massimo Pericolo, i suoi preferiti di un tempo. Il ritmo le martellava nelle orecchie mentre col suo monopattino elettrico seguiva quello di Fabio. Cominciava a piovere, anche se l'aria di quell'inizio ottobre restava calda. Quando svoltarono sul cavalcavia che immetteva sulla tangenziale, Sharo lanciò un'occhiata alle Torri. Le avvolgeva una specie di nebbiolina che da lontano sembrava impalpabile ma a starci dentro ti levava il fiato, una camera a gas. A Eggy sembrava piacere, quel posto. Chiaro: era il «king». E poi magari manco era per davvero uno di strada. Prova a starci, sulla strada, e poi mi racconti.

Sulla tangenziale c'era traffico. E quando mai. Fabio le fece segno di spostarsi sul margine destro. Gli automobilisti li superavano e lasciavano latrare i clacson. Aveva smesso quasi subito di piovere, ma la strada restava un po' sdrucciolevole. Sharo era combattuta. Da un lato il vento sulla faccia le procurava brividi di piacere. Dall'altro c'era la paura di scivolare. Poi, non sapeva perché, aveva come una sensazione strana, quella sera. Una voglia di restarsene al chiuso, una cosa cosí. Aveva provato a comunicarla a Fabio, ma era difficile con lui, certe volte sembrava stonato, o forse aveva ragione sua madre, non era una cima, quel ragazzo. Sua madre lo odiava. Ma sua madre odiava tutta l'umanità, a partire da Sharo. Comunque, anche se non le andava, alla fine l'aveva seguito. Fabio doveva fare una consegna per l'Aquilotto, una bottiglia di pregio a un ricco del centro, che chissà perché s'andava a servire dal *Gran Caffè* delle Torri. Per la verità, lui s'era pure offerto di andare e tornare senza di lei, ma Sharo non voleva stare da sola. Poi il programma prevedeva di andare a mangiare una cosa veloce e dopo a ballare da qualche parte. Allo *Swim*, uno dei pochi posti rimasti aperti in mezzo a 'sta coda de pandemia, o in qualche garage di amici. Fabio aveva gli amici e conosceva i posti. In questo, ci sapeva fare.

Sette chilometri e presero lo svincolo per il centro, lei sempre incollata a Fabio col suo giaccone rosso un po' stinto, lo zainetto con l'aquila, la sagoma dinoccolata ingobbita sul manubrio del monopattino, la testa rasata. Le faceva tenerezza, a pensarci bene. Per tutti era Pennellone, lungo lungo e con la chiacchiera stentata. Per lei era il suo bestione.

Sono il king delle Torri mon frère
le tue pussy mi cercano
fumo un blunt facciamo la haine
alle Torri Vincent Cassel...

Grande Eggy, però, grande. Una piccola rampa, una salitella, un vialone pieno di semafori. Fabio passò sicuro il primo verde. Da una traversa minuscola, pressoché invisibile, sbucò un Suv e lo prese in pieno. Sharo vide la scena come al rallentatore, tipo su certi video di fattoni. Vide l'impatto, il muso del Suv che spazza via il monopattino, Fabio che perde la presa e vola in aria, vola alto, fa una carambola, muove la braccia in cerca di un impossibile equilibrio e poi ricade di schianto sull'aiuola al centro dello spartitraffico fra due carreggiate. Il Suv continuò la sua corsa, bruciò un altro rosso, sparí. Sharo lanciò un urlo, fermò il monopattino, si strappò le cuffie dalle orecchie e si precipitò sul ragazzo.

– Amo'...

Fabio si lamentava. Era caduto di sedere, una gamba piegata in modo innaturale. Un intrico di cespugli aveva attutito gli effetti della caduta.

– 'Sto pezzo de merda...

– Stai fermo, Fabio. Non ti muovere. Si te movi è peggio. Chiamo il 118.

– La bottiglia, Sharo...

– Nun te preoccupa', amo', me sa che te sei rotto la gamba... e t'ha detto pure bene che sei atterrato sul morbido, io lo dicevo che 'sti cazzo de monopattini so' 'na sciagura...

– La bottiglia, Sharo...

C'era qualcosa di disperato, nel tono di Fabio. Un'aria da ultimatum. Con la faccia stravolta il ragazzo la afferrò per le braccia e cominciò a scuotere. Lei lo ignorò, digitò il 118, diede l'allarme. Ma Fabio insisteva.

– La bottiglia, Sharo... nello zainetto.

– Calmo, amo', mo' arriva l'ambulanza.

Arrivavano altri, intanto. Un paio di macchine avevano accostato. Un uomo dava una voce: serve aiuto?

– Tutto a posto, – gridò di rimando Sharo, – aspettiamo il 118.

L'automobilista ripartí. Ma ora si era creata una piccola fila: chi transitava, accostava comunque per dare un'occhiata.

Fabio si aggrappava a lei.

– Sharo, nello zaino ce sta 'na boccia. Sembra vino, ma è piena de «Gina», quella roba che se usa pe' scopa'... è 'na consegna dell'Aquilotto. Io sto pieno de buffi. Se non faccio come dice, quello me rovina...

– Sei un pusher! Sei un pusher del cazzo! – urlò lei.

– Sharo! Te scongiuro! Amo', quello m'ammazza...

Risuonò una sirena. Ambulanza in avvicinamento. Fabio ululò un nome e un indirizzo. Aggiunse brevi istruzioni. Sharo spinse su un fianco il ragazzo, che lasciò partire un gemito di dolore. Gli strappò lo zainetto dalle spalle e si avviò decisa al suo monopattino.

II.

Una minacciosa testa di belva, a metà strada fra leonessa e tigre zannuta, sormontava un battente ad anello. Sul frontone del maestoso palazzo campeggiava una scritta in latino. Sharo scattò una foto col cellulare, ripromettendosi di cercare piú tardi il significato.

FEROX AD FEROCES

Le luci azzurrine del videocitofono tremolavano sullo stipite a destra di chi guardava l'ingresso. Compose il codice che Fabio le aveva dettato e si piazzò davanti al piccolo occhio opaco, in modo da essere inquadrata. Lo schermo si illuminò e una voce robusta pronunciò un sospettoso: – Sí?

– Cerco Renzino, – disse lei, sforzandosi di apparire piú sicura di quanto in realtà non si sentisse.

– Ultimo piano.

Il portone si aprí con un ronzio secco. L'androne era vasto, c'erano nicchie con dentro statue antiche. Brutte facce per niente rassicuranti, soldati e Madonne dolenti. E una musica indefinibile che doveva provenire dall'interno di uno degli appartamenti. Mentre avanzava verso un'ampia scala – Fabio le aveva spiegato che non c'era ascensore – Sharo cominciò a rabbrividire. Un po' il freddo, strada facendo aveva ricominciato a piovere, e un po' la situazione. E molto la paura di essere fermata con un

carico di «Gina», roba da cinque anni di galera, come minimo. Ma ora, comunque, era a destinazione. Anche lungo le scale, fiocamente illuminate da lampade dalle tona-
lità giallastre, si aprivano nicchie. Al posto delle statue,
maschere, probabilmente di gesso bianco. Volti di vecchi
barbuti e mostri con corna e sorrisi inquietanti. Per qualche misterioso motivo, Sharo si fermò a fotografare anche
quelli. Curiosità. Desiderio di conoscenza. A scuola se l'era
cavata sempre bene, le capitava ancora di domandarsi se
lo studio non fosse la sua vera strada. Ma era tardi, ormai,
per certe riflessioni.

Mano a mano che saliva verso l'ultimo piano, sentiva
aumentare l'intensità della musica. Era roba antica, di
quella che piaceva ai vecchi, musica classica, pe' capisse:
si riconosceva una voce femminile, acutissima, ma non si
capiva una parola. Giunta alla meta – una porta laccata di
bianco, con ghirigori dorati sul legno e ancora lo stemma
con la testa di leonessa – cercò invano un campanello. Che,
doveva bussa' colle mani? E quando la potevano sentire,
con quella musica a tutto volume? Ma evidentemente era
attesa, e chi l'attendeva aveva calcolato il tempo che ci
avrebbe messo a salire le scale, perché la porta si spalancò
e un ragazzo con una camicia bianca e aderentissimi leggings rosa si profilò sull'uscio.

– Salve, – disse lei, titubante.

Lui le scoccò un'occhiata interrogativa.

– Sarebbe la consegna…

– Aspetta qua, – strillò lui, per sovrastare la musica, e
si fece da parte per consentirle di entrare.

– E chi se move, – ribatté lei, sullo stesso tono.

L'ingresso era grande piú o meno quanto tutta casa sua.
Alle pareti quadri, ritratti in costume di tizi e tizie d'altri
tempi. I maschi avevano l'aria da idioti, le femmine pare-

vano bamboline senza cervello. Però, fra quei mobili alti, i divani di broccato, il camino, due specchiere di forse due metri, i vasi di cristallo, un vecchio grammofono a tromba, si respirava un'aria di lusso antico che metteva soggezione.

La musica, di colpo, calò d'intensità. Le giunse una risata acuta. Sharo mosse qualche passo in quel vasto ambiente. Sulla sua destra si apriva un lungo corridoio. Non se ne intuiva la fine. Ma quant'era grande, quel palazzo? Era roba di questo Renzino? Non c'aveva l'aria del padrone, ma non si poteva mai dire. Altre risate. Si avventurò nel corridoio. Due ragazzi in intimo femminile sbucarono ridendo da qualche parte sul fondo. Videro Sharo e si fermarono a fissarla, incuriositi.

– E tu chi sei? – domandò il piú alto dei due.

– Sharo.

– Che nome assurdo!

– A coso... – cominciò lei, offesa, avanzando con aria bellicosa.

– Uh, quanto siamo suscettibili! – s'inserí il secondo ragazzo. Prese l'amico sottobraccio e lo tirò via.

– Vieni, andiamo, sarà un'amichetta del principe...

Poi tutti e due scomparvero, inghiottiti dall'oscurità di una nicchia, o forse di un'altra stanza. Principe! Ma dove era capitata? Ma che, ce stanno ancora i principi? La casa, comunque, era calda. Troppo calda. Quanto ci metteva 'sto Renzino...

– Buona sera.

Si voltò, sorpresa. Accanto al caminetto c'era un uomo sui cinquanta, capelli brizzolati, non altissimo, un bel viso affilato, un vago sorriso. Indossava una specie di kimono di colore scarlatto. Era a piedi nudi. E forse era nudo anche sotto. Sharo si sfilò lo zaino dalla spalla e gli andò incontro tendendolo.

– Ho portato...

– Si fermi un momento.

Sharo si bloccò. E mo' che vole, questo? Il tipo la stava fissando con un'espressione che lei non riusciva a decifrare. Di interesse, di stupore, ma anche, forse, di spavento. Se ne restò immobile per lunghi secondi, mentre a Sharo era presa di colpo la voglia di fare pipí, ma non l'avrebbe ammesso manco morta. Poi l'uomo si riscosse, come se si fosse ridestato da un sogno a occhi aperti, e mosse qualche passo verso di lei.

– Sei...

– Sharon, – rispose lei, pronta, – ma mi chiamano tutti Sharo.

– Orso Alberto de' Venturi, – sussurrò lui, e le porse la mano. Aveva una voce profonda, da attore.

– Questa è casa sua? – domandò lei.

Lui annuí.

– Appartiene da secoli alla mia famiglia.

– Ma niente niente sarebbe principe pe' davero?

– Lo ammetto, anche se può suonare buffo, al giorno d'oggi.

Poi all'improvviso le accarezzò una guancia.

– Oh! – protestò lei, arretrando di scatto. – Guarda che io sto qua solo perché quer deficiente de Fabio s'è rotto 'na gamba...

– Scusami, – mormorò lui, alzando le braccia in segno di resa.

Imbronciata, Sharo gli allungò lo zainetto. Il principe lo prese, lo aprí, ne estrasse una scatola di legno, di quelle che si usano per le confezioni regalo delle bottiglie di pregio. Fece scorrere il coperchio – c'era l'incisione di un castello e una scritta in una lingua incomprensibile, Chat e qualcosa – e svelò il contenuto: una comune bottiglia di acqua

minerale da un litro. Il liquido trasparente che contene-
va sembrava anch'esso acqua. Il principe posò la bottiglia
su un tavolinetto, fra due foto incorniciate di una donna
elegante, d'altri tempi, che teneva in braccio un bambi-
no imbronciato, tirò fuori dalla tasca una busta, la mise
nella cassetta, richiuse col coperchio di legno e restituí il
tutto a Sharo.

– Sono cinquemila, come sempre. Puoi controllare,
Sharo.

– Guardi che io di questa storia non ne so niente e non
ne voglio sapere niente. Arrivederci e grazie.

Si era sentita in dovere di puntualizzare. Perché fosse chiaro che la sua faccia non l'avrebbero piú rivista da
quelle parti. Mai piú. Il principe le tenne la porta aperta.
Sharo fu attenta a uscire senza sfiorarlo: non era il caso
di mettergli strane idee in testa. Lei c'era passata, e non
aveva nessuna intenzione di ripassarci. Era già sul piane-
rottolo quando lui la richiamò.

– Sharo...

– Che c'è mo'?

Lui era rimasto sulla soglia, e la fissava con quello sguardo, quello di prima. E stavolta lei non si sentí per niente
imbarazzata, e nemmeno infastidita. Lusingata, semmai.
Ma non era disposta ad ammetterlo.

– Niente. Buona notte.

Cosí la porta laccata si richiuse. Strano, 'sto principe,
però, in finale, gentile. E per l'età che c'aveva, pure un
bell'omo. Mentre scendeva le scale, incontrò due ragazzi
che salivano, tenendosi per mano. Due maschi. Altri fro-
ci, come i due di prima. E quindi anche 'sto principe, cosí
distinto, cosí gentile... però forse era un modo di fare dei
ricchi. Che ne sapeva lei, in fondo, di questa gente? Comunque, era fatta. Se anche l'avessero fermata co' tutti

quei soldi, mica era roba, una scusa la poteva sempre inventare...

Ma nessuno la fermò. Ci mise un'ora a rientrare, evitando la tangenziale e altre strade di scorrimento, Eggy sempre nelle orecchie, a velocità minima su quel maledetto monopattino. Sua madre l'aspettava per essere cambiata e messa a letto. Lei si sorbí la solita giaculatoria di maleparole e come sempre fece finta di niente. A un certo punto le arrivò un messaggio vocale da un numero sconosciuto. Era di Fabio. Nello scontro il suo cellulare era finito in pezzi. Lui stava al Pronto Soccorso, l'indomani c'era il rischio che lo operassero. La parte essenziale, quella che gli interessava veramente, stava in fondo: amo', hai fatto? Appena hai fatto, passa dall'Aquilotto, che sta aperto sino a tardi. Manco gli rispose. Che si fottesse, 'sto infame. E si fottesse pure l'Aquilotto. Mangiò svogliatamente due uova e un pezzetto di cioccolata. Era troppo stanca persino per mettersi al computer. Andò a dormire stringendo lo zainetto e il suo prezioso contenuto.

> *Giro con mezz'etto*
> *i miei bro sono pazzi*
> *sono il principe Harry*
> *in questi palazzi*
> *vendo la roba a tua figlia*
> *mi guarda so che lo vuole*
> *sono Pablo Escobar*
> *che però non ci muore.*

Prima di sprofondare nel dormiveglia, accompagnata da Eggy, un ultimo pensiero: cinque sacchi, cosí, puff!

III.

L'Aquilotto se li contò tutti, piotta su piotta.

– E pensa te, a bionda, che 'na vorta 'na piotta ereno cento lire! E de conseguenza, mezza piotta...

Sharo era arrivata al *Gran Caffè* di buon'ora. Quando gli aveva illustrato la situazione, l'Aquilotto aveva fatto un paio di telefonate, spiegandole che la «scomparsa» di Fabietto l'aveva fatto incazzare, e quindi aveva mandato in giro un paio di ragazzi per capire dove diavolo s'era cacciato. Coi suoi soldi.

– In sostanza, biondi', hai fatto bene a presentatte a rapporto... E mo' ricontamo, che nun se sa mai...

L'Aquilotto si vantava di essere uno della vecchia guardia: sessanta e piú sulle spalle, una dozzina dei quali trascorsi all'Albergo Roma, dove, ragazzino, era stato preso a benvolere dai tipi tosti della Magliana. Cosí almeno se la raccontava. Era tracagnotto, gonfio e tatuato, coi capelli biondi tinti e certe camicie sgargianti che sfidavano ogni legge del buon gusto. Aveva ricevuto Sharo in un salottino sul retro: sulla porta c'era scritto «privato».

Anche se il *Gran Caffè* era roba sua, l'Aquilotto i clienti lo vedevano poco e niente. Era stata Barbarella, la moglie e tuttofare, a decidere cosí. Il *Gran Caffè* sorgeva sul precario confine fra le Torri e il Fossato, che una volta era tutta roba degli zingari, mortacci loro, e adesso per metà era il cantiere di un polo informatico-elettronico: cosí almeno c'era scritto sui cartelli spalmati sul transennato dell'area in costruzione. Sua moglie Barbarella, una secca senza figli con la bocca sempre atteggiata a una smorfia amara, la mente di famiglia, aveva fiutato l'affare. Col polo in attività, l'arrivo di tecnici, ingegneri e roba simile avrebbe alzato il tono generale della zona, e il *Gran Caffè* si sarebbe ritrovato con una clientela molto piú appetibile. E quindi, se il *Gran Caffè* voleva diventare un punto di riferimento per la brava gente, e non piú il bivacco dei coatti delle Torri, un bruto come l'Aquilotto doveva eclissarsi. Barbarella aveva poi imposto regole ferree ai suddetti coatti, che nel *Gran Caffè* dovevano comportarsi come se l'avessero ricevuta, un'educazione. Le squadre di operai e tecnici che sovrintendevano alla costruzione del polo avevano cominciato a frequentarlo e piano piano il luogo stava diventando meno selvaggio. Del resto, all'uomo di casa l'accordo conveniva, perché c'era da sperare in un ampliamento del giro della roba. E Aquilotto era il signore della roba, alle Torri.

– Ooh, e vabbè, e brava 'a biondina…

Finito di contare e ricontare, l'Aquilotto sfilò cinque banconote da cento e le sventolò davanti a Sharo.

– In teoria, bella, te toccherebbe la percentuale… ma nun so si te spettano, perché la consegna toccava a Pennellone, e a te chi te conosce?

– Non li voglio i…

– Aspe', famme fini'… però sei stata brava, perché magari un'altra al posto tuo se ne fregava e io mo' stavo a piagneme li sordi mia…

E le allungò la somma. Sharo arretrò di un passo. Sí, da un certo punto di vista se li era meritati, ma non aveva giurato a sé stessa che non avrebbe mai fatto quella fine, la fine dei ragazzi delle Torri? Non c'era sempre quel sogno di andare via, e tirarsi fuori da quello schifo? Scosse la testa, in segno di diniego. L'Aquilotto sospirò.

– Nun me piace. Nun te conosco. Se te saltasse in testa d'anna' dalle guardie... se invece i soldi li prendi certe idee nun te vengono...

– Ti ho detto che non li voglio i soldi tuoi.

L'altro annuí.

– Ho capito. Mo' te dico come se fa: io 'sti soldi è come se te l'ho dati, ma me li tengo. Vuol dire che li scalo dal debito di quel fregnone der fidanzato tuo...

– Ma quanto ti deve? – domandò lei, e la voce le uscí fioca, intimidita.

– Due sacchi, che meno questo fanno uno e mezzo...

Sharo si voltò e prese la via dell'uscita. Si era appena richiusa la porta alle spalle che l'Aquilotto la spalancò.

– C'è un'altra cosa...

– Dimmi.

– Ho visto che sei arrivata qua col monopattino.

– E allora?

– Be', è roba mia.

La delusione, l'amarezza, le si dovevano leggere in volto, perché l'Aquilotto lasciò partire una grassa risata.

– Nun me di' che Pennellone t'ha fregato! Ma che, te credevi davero che era un regalo? Stamme a senti', pische', me sembri una sveglia... fatti dare un consiglio: a quel fallito lassalo perde'!

Tornando a casa, Sharo fece una rapida passata da Hair & nails stylist, il negozio di parrucchiera di Cinzia, una vecchia amica della madre. Ci lavorava tre giorni a settimana, teneva la contabilità. Cinquecento euro al mese, rigorosamente in nero per non giocarsi il reddito di cittadinanza. Insieme all'indennità di accompagnamento della madre, erano le scarse entrate, e bastavano a stento per la loro piccola vita. Per non parlare della rata del mutuo. Qualcosa riusciva pure a tenerla da parte. Sharo aveva un progetto, mettere su famiglia, lasciarsi alle spalle le Torri. Ma poi, dopo quello che era successo con Fabio... ciao core. E oltre al tradimento del Pennellone, le bruciava dentro il pensiero che un decerebrato come l'Aquilotto la facesse cosí da padrone. Una bottiglia di liquido trasparente e via, cinque sacchi. Cinque sacchi oggi, cinque domani, e ti fai il *Gran Caffè*, e il macchinone, e la casa... Era tutta una questione di *money*, come diceva Eggy. Maledetto *money*. Perciò lei si dava da fare, in continuazione.

Da Cinzia prese un flacone di shampoo delicato per la madre, un breve saluto e via. Deviò sulla sinistra e si affacciò al baracchino degli uffici del Consorzio Pro-edil: cosí si chiamava il centro in costruzione. Periodicamente tornava a tormentare il tizio in giacca e cravatta che, girava voce alle Torri, poteva assumere dipendenti part-time. Quello, periodicamente, scuoteva la testa e diceva che lavoro non ce n'era, la squadrava con insistenza bavosa e lasciava intendere che se lei si fosse comportata in un certo modo... E lei, che aveva capito benissimo, faceva finta di non capire e se ne andava. Cosí andarono le cose anche quel giorno. Recitare il copione della brava figlia ingenua, dopo lo scherzetto che le aveva fatto Fabio, fu piú dura, ma riuscí a dominarsi. Non si sa mai. Magari un giorno al posto di quel tipo poteva trovarci uno meno stronzo.

Fra i giri vari, un po' di spesa, le cure alla sua sempre piú lamentosa madre, se ne andò cosí quella giornata infelice. A sera, ricevette un altro vocale di Fabio: lo avevano operato, era meno grave del previsto, grazie per l'Aquilotto, m'hanno detto tutto, amo' sei stata grande, ma perché nun te fai senti'? Anche questa volta non rispose. Aveva bisogno di tempo per elaborare. Mentre sua madre si guardava un programma per vecchi alla Tv, andò in rete e digitò FEROX AD FEROCES, quella frase che aveva letto sul frontone del palazzo del principe. Era latino, stava per:

FEROCE A FEROCI

Che sarebbe: restituire colpo su colpo. Su Internet aveva letto che non si sapeva chi l'avesse inventato. Be', in ogni caso non c'aveva torto.

IV.

Fabio fu dimesso quattro giorni dopo l'incidente e comparve verso l'una al negozio di Cinzia, con gesso e stampella d'ordinanza. La padrona, le lavoranti e un paio di clienti lo salutarono con una certa enfasi: la storia dell'incidente aveva fatto il giro delle Torri, c'era esecrazione per il bastardo che s'era dato alla fuga e solidarietà per il povero Pennellone nostro. Non ci fu dunque nessuna obiezione quando Sharo accantonò le fatture che stava ordinando e chiese a Cinzia la giornata libera.

Lei e Fabio uscirono insieme, lei a capo chino, l'espressione dura, lui saltellandole dietro nel precario equilibrio della stampella. Appena fuori dal negozio, percorsi pochi metri nello Stradone, l'asse centrale delle Torri che il Comune aveva intitolato a uno scrittore frocio ammazzato da un altro frocio, Sharo si voltò e gli puntò l'indice al petto.

– Sei un pezzo di merda.

– Amo'...

– E un infame. Sei un infame spacciatore di merda!

– Amo'...

– Sto a fa' pratica dall'Aquilotto... – e qui lei imitò il tono deciso di lui, quando le vendeva le sue bugie, – un giorno avrò un bar tutto mio, ce ne andremo da qua...

– Io le consegne le facevo, ed era tutta roba pulita, e stavo pure al bancone, m'hai visto, ma poi...

– E certo, poi hai capito che colla «Gina» se guadagna meglio, no? E io che come una cretina te so' annata appresso tutto 'sto tempo...

– Non è come pensi, amo'.

– E questa dove l'hai sentita, su *Uomini e donne*?

Lui voleva spiegare, convincere, soprattutto implorava perdono. Era cominciata per scherzo, un giro di puntate su certe partite del calcio inglese, una passata in sala bingo, poi l'approdo in bisca, e senza rendersene conto era andato sotto di brutto, maledetto il gioco, e fare dei lavoretti per l'Aquilotto era stato l'unico modo per non finire sulla sedia a rotelle... Ma visto che lei restava impenetrabile, dura, una roccia, Sharo, il lamento si fece rivendicazione.

– E poi lo sapevi pure tu, Sharo. Lo sanno tutti che l'Aquilotto spigne la roba alle Torri!

– Certo, non so' mica nata ieri.

– E allora, Sharo...

– Se l'Aquilotto spigne la roba, so' affari suoi. A me quello che fa l'Aquilotto non m'interessa, Fabio, a me m'interessavi te... me lo dovevi dire!

– C'avevo paura.

– Di me?

– Che la prendevi male.

– E facevi bene. Però dovevi dirmelo lo stesso.

Fabio lasciò cadere la stampella e si inginocchiò, piuttosto scoordinato e persino buffo, col corpaccione e la testa pelata, che se non fosse stato un momento tragico, a Sharo sarebbe scappata la risata.

– Tre consegne, amo', tre consegne e vado in pari. È 'na cosa facile facile, hai visto pure tu, tre consegne e il debito è cancellato. Posso ricominciare. Possiamo ricominciare. Ma tu mi devi aiutare, amo', io non ci posso stare senza di te...

Sharo lasciò che lui le prendesse la mano. Testa e cuore lottavano dentro di lei. Rivedeva i momenti felici che avevano vissuto insieme, lei e Pennellone. Era stato il suo primo vero amore, tutti quelli che erano passati prima non avevano lasciato traccia. Lui l'aveva ferita cosí nel profondo. Provava furia, sdegno, ma anche pietà, e tenerezza. Il danno era stato inferto, ed era un danno enorme. Irreparabile. Forse. Intanto, intanto lui stava andando a fondo. Se lo meritava. E lei non poteva permetterlo. Cosí arrivò la decisione: improvvisa. E spazzò via tutti i pensieri. Farlo, questo solo contava.

Sharo si liberò dalla stretta del supplice e incurante dei suoi richiami cominciò a correre verso casa. Sua madre la guardò irrompere, stranita. Le chiese se avesse perso anche l'ultimo lavoro, aggiungendo il solito commento astioso: perché questa è la specialità tua, rovinarti la vita. Lei la mandò al diavolo. Si chiuse nella sua stanza. Sotto il materasso c'era una busta coi risparmi. Due sacchi e mezzo. Contò i millecinquecento che l'Aquilotto rivendicava. Uscí senza salutare la madre, che continuava a spandere il suo livore. L'Aquilotto non era al *Gran Caffè*. Sedette a un tavolino, in attesa. Uno dei ragazzi tatuati che gli facevano da guardie del corpo si avvicinò, insinuante.

– Fammi un favore, dimmi dove sta l'Aquilotto.
– E che ce devi fa?
– Gli devo dare qualcosa che gli appartiene.
– Ti porto io?
– Affare fatto.

Il che significava abbracciarlo da dietro sullo Scrambler e prendersi qualche manata en passant. Ma ormai aveva deciso, e il prezzo le sembrava tutto sommato accettabile.

L'Aquilotto era al campetto oltre il Fossato, sotto il cavalcavia, dove cominciava la città vera. Insieme a un altro gruppetto di padri e madri assisteva all'allenamento di una banda di piccoli sotto i dieci anni. Tutte promesse del calcio giovanile, nella testa e nei sogni dei genitori. L'Aquilotto sperava, per il suo ricciolino, un futuro in biancazzurro con la maglia della Lazio.

– E tu che voi mo', a bionda?

Sharo gli porse la busta con i millecinquecento.

– Con questi Fabio sta a posto.

L'Aquilotto guardò il ragazzo che l'aveva accompagnata. Quello si grattò la testa.

– Ha detto che te doveva restitui' roba tua, ho pensato da portalla...

L'Aquilotto sbirciò nella busta, fece frusciare qualche banconota, annuí.

– Contali, – esortò Sharo.

– E se capisce! – rispose lui, e contò sino all'ultima banconota. Infine, soddisfatto, intascò il malloppo.

Sharo fece dietrofront e si avviò a piedi. Quando il ragazzo si offrí di riportarla alle Torri, gli sventolò sul muso il dito medio.

Si presentò a casa di Fabio a metà pomeriggio, dopo aver completato l'esame delle fatture lasciate in sospeso. I genitori erano due bravi cristi, e l'accolsero con affetto, che bello vederti, siamo cosí felici che nostro figlio frequenti una ragazza come te, e lei mantenne un mezzo sorriso, perché non se la sentiva di deluderli, non era colpa loro come era andata. Fabio stava in poltrona, la gamba poggiata su una sedia, il volto acceso di speranza: perché se lei era tornata... Sharo mise subito le cose in chiaro.

– Co' l'Aquilotto stai pari. Con me hai chiuso. Guarda di non fare altre cazzate. Riguardate, Fabie', se beccamo.

v.

Una sera che rientrava dal lavoro, Sharo trovò appoggiato al portone sotto casa il tipo tatuato che lavorava per l'Aquilotto. Si era informata. Lo chiamavano Er Motaro. Il soprannome veniva da un videogioco. Motaro era un soggetto metà uomo e metà cavallo, e siccome questo Motaro delle Torri era metà uomo e metà il dueruote da cui non si separava mai, ecco fatto.

– L'Aquilotto te sta a cerca', Sharo.

– Be', io non c'ho intenzione... mica sto ai suoi ordini.

– Nun è un ordine, – rispose quieto Er Motaro, – te lo sto a chiede gentilmente...

– E io gentilmente te sto a di' de no.

Er Motaro sbuffò, e si grattò la pelata.

– Sharo, nun è cattiveria, ma me stai a crea' problemi...

Era uno dei piú stretti collaboratori dell'Aquilotto. Palestrato, ex pugile. In quel mare di teste calde delle Torri, però, uno dei pochi che riuscivano a ragionare. Tempo addietro, durante un raid punitivo contro gli zingari del Fossato, per chissà quale impiccio loro, aveva menato a uno dei suoi che a momenti bruciava viva una bambina di dieci anni. L'Aquilotto sulle prime s'era imbruttito, e Motaro gli aveva spiegato, con calma, che menare e fare pulizia dei zingari sí, ma i morti non si possono fare. I morti portano le guardie, e le guardie piú lontano stanno dalle Torri e meglio è. L'Aquilotto aveva abbozzato, che nella

sua lingua equivaleva a riconoscere le ragioni dell'altro.
Motaro e Sharo si conoscevano appena. Ma ogni volta che
si erano incrociati, lui faceva l'amico.

– Annamo, va'.

Er Motaro respirò di sollievo. Insolitamente remissivo,
aggiunse: – Me devi scusa', Sharo, ma lo sai com'è l'Aquilotto quanno se mette 'na cosa in testa... te ringrazio che
m'hai evitato casini...

Tutta questa gentilezza significava una cosa sola. Se la
voleva portare a letto, e con le buone, dato che la rottura
con Fabietto era risaputa. Ma Sharo non amava sentirsi la
fagiana da impallinare. Montò annuendo sullo Scrambler e
in cinque minuti Er Motaro la scaricò al *Gran Caffè*. Solo
tre tavolini del gazebo erano occupati. Anche se indossa-
vano giubbotti sgargianti e stivali esagerati e brillocchi che
davano nell'occhio, da come gesticolavano e da come s'at-
teggiavano si capiva che era gente perbene, gente di città.
La strategia della moglie, la sora Barbarella, stava funzionando. Nascondi la monnezza sotto il tappeto e mettiti il
vestito buono. O forse c'aveva ragione la sua amica Miki:
alla gente perbene il tanfo di fogna piaceva.

All'interno, però, non c'era nessuno. Anche la strategia del governo cominciava a dare i suoi frutti. Una chiusura dopo l'altra, una paranoia dopo l'altra, e tutti se ne
stavano tappati in casa per paura del contagio. L'Aquilotto era nel suo ufficetto. Con lui c'era un ragazzo con
un attillato, sobrio abito nero. Si alzò al suo ingresso.

– Ah, eccote qua. Ce n'hai messo del tempo. Renzino,
qua, te deve parla'...

Sharo faticò un po' a riconoscerlo. La prima e unica volta che si erano incontrati, Renzino indossava vezzosi, aderentissimi leggings rosa. Il tipo che le aveva aperto quando
aveva fatto la consegna a casa del principe.

– Buona sera, signorina Sharo.

– Ve lascio un po' de privacy, – annunciò l'Aquilotto, insolitamente sussiegoso, e si levò di torno.

– Il principe gradirebbe averla sua ospite a cena, – disse Renzino.

Tono sarcastico, sguardo tagliente. Be', se quella era una manifestazione di antipatia, poteva ritenersi ampiamente corrisposto, Renzino.

– Dica al principe che lo ringrazio, ma ho altri progetti per la serata.

– Il principe resterà deluso. Contava sulla sua presenza.

– E me sa che dovrà farsene una ragione.

– Mi permetta di insistere...

– Mi permetta di mandarla affanculo.

Renzino abbozzò una specie di inchino, e si eclissò. Il messaggio era partito chiaro e forte.

L'Aquilotto fece rientro, scuotendo la testa.

– Ma se po' sape' che j'hai detto? È sortito che pareva 'na furia...

– Non sono affari tuoi.

– Biondi', guarda che quello è uno dei miei migliori clienti...

Eh no. Quello è solo un sottopanza, Aquilo', non è lui che caccia la grana, non è lui che comanda... Ma perché perdere tempo in spiegazioni?

– Te saluto, Aquilotto.

– Stamme a senti', – fece lui, bloccandola per un polso, – Renzino è roba mia, chiaro? Non te mette in testa di fa' traffici senza passare per me...

– Ma se l'ho appena sfanculato! – protestò lei.

– Eeh, non se sa mai... intanto t'è venuto a cerca'...

– E forse gli piaccio...

– A chi, a quello? Uno piú frocio nun s'è mai visto… comunque, io so' bono e caro ma ricordate 'na cosa: quando uno me tocca la roba mia, posso diventa' cattivo. Cattivo assai, chiaro, pische'? E Renzino è roba mia…

L'Aquilotto aveva il potere di irritarla. Eppure, dopo la storia con Fabietto, avrebbe dovuto capire che a lei i suoi magheggi non interessavano minimamente. Si chiese se non avesse commesso un errore a rifiutare l'invito del principe. Poteva andare con Renzino, e stare al gioco. L'Aquilotto restava in attesa di una risposta, gli occhi piccoli iniettati di sangue. Sharo si liberò dalla stretta e girò sui tacchi, non senza avergli sventolato sotto il naso il dito medio.

Prima di prendere sonno, quella notte si rigirò a lungo fra le lenzuola: magari, se capitava un'altra volta, un'occhiata andava a darla, a 'sto principe…

VI.

Uno schianto e un lamento svegliarono Sharo di soprassalto. Dall'infruttuoso tentativo di Renzino erano passati tre, forse quattro giorni. Poi la voce stridula di sua madre, che la richiamava a gran voce. Accorse, a piedi nudi. Nella piccola cucina, la madre era per terra, incastrata fra il tavolo da pranzo e i resti di una sedia sfasciata. Gemeva, e invocava aiuto.

Serenella non era invalida al cento per cento, qualche passo riusciva ancora a muoverlo, con l'immensa fatica di chi ha superato da quel dí il quintale e soccombe a quella misteriosa malattia che sale dal basso e un po' alla volta ti leva le forze. La cura c'era pure, ma costava un sacco di soldi. Un medico meno algido degli altri, una volta, durante una visita di controllo della Asl – si erano messi in testa che recitasse, che fosse tutta una finta per spillare l'assegno allo Stato – aveva spiegato che per guarire conta molto «l'atteggiamento mentale». Secondo lui, Serenella non c'aveva voglia di combattere per migliorarsi. A volte, Sharo pensava che quel medico ci avesse visto giusto. Certi giorni sembrava che sua madre lo facesse apposta: che le era saltato in mente di alzarsi dalla sedia a rotelle? Almeno, poteva puntellarsi al tavolo. O aspettare che lei si alzasse. Comunque, non sembrava esserci niente di rotto.

Sharo la aiutò a rimettersi seduta. Serenella, come sempre, si guardò bene dal ringraziarla: tutto era dovuto, faceva parte dell'ordine naturale delle cose. Quanto meno, quella mattina non aveva esagerato con sospiri e male parole. Sharo preparò la colazione e si calò sotto la doccia. Mentre si asciugava, le arrivò un messaggio vocale di Cinzia.

«Sharo, amo', scusame tanto, c'ho n'impiccio all'Agenzia delle Entrate, nun è che me potresti fa' la cortesia da stamme du' ore alla cassa? Giusto il tempo da dijene quattro a 'ste merde, me cercano duemila euri, ma te pare?»

Rispose con la faccina che strizzava l'occhietto, tutto sommato felice del diversivo. Si chiuse la porta alle spalle mentre Serenella protestava perché il caffè non le era stato servito abbastanza zuccherato.

Tre clienti in tutta la mattinata, e per giunta per una pettinata veloce, e niente unghie. Le donne delle Torri non erano in vena, quel giorno. Nel salone c'erano due shampiste, la nail-consultant – Cinzia stava in fissa coi nomi americani – e Vito, il coiffeur che si occupava di tagli, colori e messa in piega insieme alla stessa Cinzia. Vito, che a quarant'anni figurava ancora ufficialmente come apprendista, un modo diffuso per sfuggire alla tagliola di contributi, sindacati e compagnia cantante.

Data la situazione di calma piatta, era tutto un chattare e selfare e commentare le piú recenti corna dei talk show del pomeriggio. Quanto a Sharo, negli ultimi giorni si era sentita sempre piú a disagio, inquieta, un alternarsi di momenti di furia e di apatia. L'atmosfera opprimente di casa, la rottura con Fabietto, la paura di perdere il lavoro – quanto ci avrebbe messo Cinzia a mandarla via, con quell'andazzo di sfiga del negozio... vallo a capire – sta di fatto che era come se le Torri la stessero soffocando, era il respiro proprio che le mancava.

– Sharo, qua famo pausa pranzo, mezz'ora, vieni con
noi al *Gran Caffè*?

– Grazie, riga', ma io resto qua, me porto avanti coi
conti...

L'ultima cosa che voleva era rivedere la brutta faccia
dell'Aquilotto!

Poi entrò Valter. E a pensarci bene, col senno di poi,
Sharo avrebbe individuato in quell'ingresso l'attimo esatto
in cui il suo destino era cambiato. O, per essere piú preci-
si, lei aveva deciso di cambiarlo.

Valter era il marito di Cinzia. Andava per i quaranta. Assunto anni prima, quando a Roma comandava la sinistra,
come magazziniere nell'azienda dei tram. Piccolo, bionda-
stro, cominciava a perdere i capelli e, si era saputo, sul lavoro
aveva le mani lunghe. Sennò, come si spiegava che in pochi
anni era riuscito a comperarsi pure le mura del negozio di
Cinzia? Non l'avevano mai denunciato, ma sgamato sí. C'era
stato un procedimento interno, concluso con la deportazio-
ne in un deposito periferico. Valter non s'era lamentato, e
anzi aveva colto l'occasione al volo e s'era buttato a destra,
riciclandosi come dirigente di un piccolo sindacato di base.
Che poi erano lui e altri due della stessa pasta; ma dislocati
in ruoli chiave, e quindi bastava che si mettevano d'accordo fra loro e paralizzavano l'azienda. In altre parole, ricatti
belli e buoni che impinguavano le casse di famiglia.

A Sharo quel tizio non piaceva e non dispiaceva, non piú
dell'intera varia umanità che popolava le Torri. Toccava
però tenerselo buono perché per Cinzia era la luce dei suoi
occhi, e a Cinzia Sharo voleva bene sul serio.

– Come butta, Sharo?

– Bene. Cinzia sta da quelli delle tasse.

– Lo so. Ci sono passato prima. Non ricevono, co' 'sta
cosa del virus, ma io conosco uno di un sindacato, e allo-

ra Cinzia sta a aspetta' che quello se libera e se vedono de persona, perché è un affare complicato...

Morale: poteva cortesemente Sharo trattenersi per l'intera giornata? Ovviamente, sarebbe stata pagata a parte, extra rispetto alla contabilità.

– Per me non è un problema.

Valter annuí, soddisfatto, e con un sms comunicò a Cinzia la lieta novella.

– Sharo, ti posso offrire qualcosa?

– Sto bene cosí, grazie.

– Andiamo, un caffè!

Ma non ne aveva proprio voglia! E però, quanto poteva essere scortese con Valter, e perché poi? Che c'entrava lui con la tempesta che la stava agitando in quei giorni?

Accettò.

Il tempo di chinarsi per chiudere la cassa e se lo ritrovò addosso. Una mano sotto il maglione, nel tentativo di una goffa carezza al seno, l'altra che le cingeva la vita, il sesso già indurito che premeva contro la sua gamba. Una sorpresa, una brutta, bruttissima sorpresa. Che sul principio la lasciò incapace di opporsi. Quello, intanto, cercava di infiltrarsi piú a fondo, e con la lingua percorreva la gola di Sharo, e lasciava partire frasi smozzicate e confuse, mi fai impazzire, sapessi quanto ti desidero, ma che m'hai fatto, Sharo...

Quando finalmente riuscí a reagire, si divincolò, e non fu difficile, c'era una certa differenza di stazza, fra lei e il piccolo Valter, si voltò e lo allontanò con una spinta. Forse la situazione si poteva ancora salvare.

– Valter, non è cosa. Facciamo che hai scherzato e finiamola qua.

Ma il marito di Cinzia non voleva saperne. Era partito di testa. Rosso, infoiato, magari s'era calato qualcosa. Tentò un nuovo assalto. Sharo sentiva imminente la perdita di lucidità. La rabbia. Provò ancora con le buone, gli disse di stare calmo, da un istante all'altro potevano rientrare Vito e il resto della compagnia, che figura ci avrebbe fatto con Cinzia, che lo amava tanto e stravedeva per lui?

– Ma chi se ne frega di Cinzia! Io voglio te!

E allora non ci fu piú modo di controllarsi. Sharo si guardò intorno, divelse dalla presa a muro la piastra arricciacapelli che stava sotto carica e la stampò sulla fronte dell'arrapato. Valter fece partire un urlo scomposto, barcollò, si prese la testa fra le mani.

– M'hai ammazzato! Oh, aiuto, questa è sbroccata!

Sharo avanzò di un passo, incurante. Il colpo che aveva sferrato le aveva trasmesso una fredda sicurezza di sé. Si sentiva improvvisamente lucida, padrona della situazione. Valter continuava a toccarsi la fronte, dove si stava allargando una chiazza violacea. Niente sangue, per il momento. Sharo brandí l'arricciacapelli e fece come per vibrare un altro colpo. Valter si chinò e alzò le mani, in un gesto di resa, piú che di difesa. Un verme. Un miserabile. Non c'era nemmeno bisogno di infierire. Sharo lasciò cadere la piastra e si avviò verso l'uscita. Valter andò a trincerarsi dietro la cassa. La distanza gli dava coraggio.

– Io ti denuncio, a matta!

VII.

Ma non ci fu nessuna denuncia. Né quel giorno, né i successivi. Sharo disse alla madre che Cinzia l'aveva mandata a spasso perché c'era la crisi, e a Cinzia che doveva lasciare il lavoro perché sua madre stava ogni giorno peggio. Grave ingenuità: le due donne si parlarono e l'inghippo venne alla luce. Sharo non volle fornire spiegazioni. Cinzia si offese e le tolse il saluto. Sua madre la coprí d'insulti, perché non era buona a niente, manco a tenersi uno straccio di lavoro. Insomma, fu una settimana tremenda.

Tutto andava a rotoli. Sharo rifiutò anche due inviti delle amiche. Non aveva voglia di niente. Semmai, solo di lasciarsi andare. L'unica cosa che la consolava era l'immagine di Valter sconvolto dopo che gli aveva ammaccato la faccia. Peccato non avergli fatto un video. Peccato essersi fermata. Doveva insistere. Gliela doveva rovinare proprio, quella faccia da porco. E poi raccontare tutto a Cinzia e rovinargli pure la vita. Si era astenuta per rispetto dell'amica. Ma a essere saggia, dolce e ragionevole che c'aveva guadagnato, nella vita? Niente.

Era cosí giú che pensò di rispondere a una delle tante chiamate di Fabietto. Da quando non si frequentavano piú, lui non aveva smesso di cercarla. Le voci di quartiere lo davano lontano dalle Torri, a lavorare, e pure a vivere, da qualche parte in una diversa periferia. Sharo non aveva approfondito, ma a volte era dura resistere alla tentazione di riannodare.

E un pomeriggio, guidata da un impulso che non sapeva o forse non voleva definire, prese due mezzi e una metro e scese in centro. Con le giornate che ormai s'erano accorciate e il ritorno dell'ora solare, arrivò davanti al palazzo che già s'era fatto buio. Cominciava a rinfrescare, e Sharo si rese conto che il giubbottino leggero non l'avrebbe protetta dal vento di tramontana che si andava improvvisamente levando.

Il portone era chiuso, ma un paio di finestre ai piani alti erano illuminate. S'intravedeva un andirivieni di sagome. Il tempo passava, e lei lasciava che le scivolasse addosso. In un baretto gestito da un anziano corpulento dall'aria mite, si concesse una tazza di cioccolato caldo, che sorbí all'aperto per via delle famose regole, scrutando una comitiva di ragazze e ragazzi che fingevano di rispettare il famoso «distanziamento sociale». Magari avevano la sua stessa età, ma com'erano diversi il loro modo di vestire, di parlare, di sorridere. Il tipo corpulento si affannava al bancone, serviva ai tavoli, batteva gli scontrini alla cassa. Sharo prese la decisione d'istinto. Attese un momento di pausa e si propose.

– E pe' fa che, biondi'?

– Tutto. Io so fa' tutto. Dalla cassa ai tavoli. Mi adatto.

Quello la guardò, perplesso. Pensò che come fisico ci poteva stare, una bella figliola, ma chi la conosceva? Pensò anche che, da quando la sua amata moglie Amalia se n'era andata, il peso della solitudine non aveva mai cessato di tormentarlo. Pensò che avere una presenza accanto, forse, lo avrebbe aiutato a sentirsi meno triste.

– Non ti posso mettere in regola, – disse, piano.

– Mejo, – concluse Sharo.

– Te va bene seicento per un mese di prova?

– Ottocento, – rilanciò lei.

Si accordarono per settecento. Sharo cominciò la mattina dopo. Il sor Gastone le insegnò a usare la macchina del caffè, ma la maggior parte del lavoro di bancone se la sobbarcava lui. I clienti erano per lo piú gente del posto, anziani, affezionati. Di turisti, tenuto conto del virus, se ne vedevano pochini. Ragazzi manco a parlarne. Sharo capí che era un miracolo che il sor Gastone riuscisse ancora a tirare avanti. E capí che se l'aveva assunta era per sentirsi meno solo.

Tre o quattro giorni dopo aver preso servizio fece cadere il discorso sul principe. Ovviamente, Gastone lo conosceva, ma fu molto parco di informazioni. Come se l'accenno lo avesse in qualche modo indispettito, o insospettito. Dal baretto si vedeva perfettamente il palazzo con la testa di belva e il motto latino. Ma a qualunque ora del giorno o della sera, il portone restava sempre chiuso, le luci interne s'accedevano e spegnevano seguendo un ritmo misterioso, sfuggente. Infine, proprio allo scadere del mese di prova, Sharo si ritrovò il principe sulla soglia, comparso come per magia dalla nebbiolina di una sera che un vento africano fuori stagione rendeva umidiccia.

– Allora, Sharo, si decide a suonarlo, questo campanello?

Se si era aspettato l'applauso dopo la battuta, se lo poteva scordare, il principe. E anche se doveva confessare a sé stessa di aver provato una punta di tensione, vedendoselo spuntare davanti cosí all'improvviso, gli rispose spavalda:

– Si può sapere che cerca da me, principe?

– Potrei farle la stessa domanda.

– Lei m'è venuto a cercare a casa mia.

– E lei alla mia. Siamo pari, dunque.

– Ancora non m'ha risposto, però.

– Intanto, potremmo bere qualcosa in un posto piú carino. Qui per strada non è il massimo.

– Ci sarebbe il baretto dei cinesi...

– Venga su da me, è decisamente piú confortevole, e le bottiglie di qualità non mancano.

Mentre varcava il portone con la sua minacciosa scritta, Sharo sorrideva, un po' inquieta e curiosa, ma molto soddisfatta di sé. Finalmente dopo quelle settimane buie succedeva qualcosa. E qualunque cosa fosse, Sharo sentiva, confusamente, di essere pronta ad accettarla.

La casa del principe era sterminata: se l'ingresso nel quale era stata ricevuta la prima volta poteva paragonarsi a tutta casa sua, questo appartamento, anzi, questi tre appartamenti disseminati su tre piani forse erano grandi quanto un'intera palazzina delle Torri. Il principe guidò Sharo in un giro turistico dei suoi possedimenti, ma lei afferrò poco e niente dei suoi racconti: si perdeva in una specchiera, negli arazzi che sembravano precipitare dagli alti soffitti, e si ritrovava a fantasticare su quelle dame dai volti lunghi e lunari e sui cavalieri e i cani delle scene di caccia. Era come un'ubriacatura, la sbronza che s'era presa alla festa per i diciott'anni, alla vineria del Fossato, quando tutto girava intorno, da un momento all'altro sembrava possibile persino mettersi a volare e il mondo si trasformava d'incanto in un giardino meraviglioso dove tutti si volevano bene e il divertimento era la regola...

In un salottino, davanti al caminetto acceso, fra due poltrone dalla spalliera alta, di un modello che Sharo non aveva mai visto, era apparecchiato un tavolinetto con due vassoi di spuntini, un secchio del ghiaccio e una bottiglia che attendeva di essere stappata.

– Prego, – il principe la invitò a sedere, – spero che queste «parigine» siano di suo gradimento...

Sharo capí che il principe si riferiva alle poltrone e prese posto.

– Un po' rigida, – commentò, – magari la principessa Sissi ce se trovava meglio…

– Non ho mai sopportato la principessa Sissi, – ribatté il principe, prendendo posto.

– Nemmeno io, – lo confortò Sharo, – quand'ero piccola mia madre era proprio malata e io cercavo sempre di cambiare programma.

– Perché, se posso permettermi?

– Mah, – sospirò lei, dopo una breve pausa, – forse perché quella c'ha tutto e io niente, principe?

– Era infelice, però.

Perché, io che so', la Ferragni, co' 'sta vita che me ritrovo? Ma la battuta le rimase in gola. Primo: il principe era gentile, e in fondo lei si era intrufolata in casa sua. Invitata, vabbè, ma se l'era proprio cercata, con quei giorni di assedio. Secondo: ma che me ne frega di Sissi!

Comparve Renzino, vestito di nero, e si mise ad armeggiare col tappo. Sharo si sentí in dovere di scusarsi: al *Gran Caffè* si era comportata come una coatta. Forse, aggiunse, perché era una giornata storta. Renzino chinò appena il capo, versò le bollicine e si eclissò.

– Lui è…

– Autista, guardia del corpo, attendente, cameriere, cuoco… all'occasione anche amante. Alla salute, Sharo.

– Alla salute, principe.

– Orso, per gli amici.

E che, erano già diventati amici? Lo champagne – perché di questo si trattava – era ghiacciato. Ghiacciato e buono, anzi, ottimo. E le tartine, una delizia. Sí, vabbè, l'ospitalità e tutto, ma la domanda restava sospesa. Le domande, anzi. Che cosa ci faccio io qui, che vuoi da me, principe…

E lui, come se le avesse letto nel pensiero, si sporse verso di lei e disse: – L'altra sera, quando sei venuta qui per la prima volta...

– Allora?

– Ho alzato gli occhi e che ho visto? Una ragazza alta, forse uno e settantacinque... ci ho preso?

Lei annuí.

– Bene. Ho ancora un po' d'occhio... capelli biondi e corti, collo lungo, denti perfetti, i tuoi ti hanno fatto mettere l'apparecchio da bambina?

Il principe, forse involontariamente, era passato al tu.

– Quando eravamo una famiglia, – rispose lei, – prima che mio padre...

– Tuo padre?

– È caduto da un'impalcatura e i soldi dell'assicurazione sono finiti presto, mamma ha cominciato a bere, e poi si è ammalata...

– Mi dispiace. Ma stavo dicendo... quel ciuffo ribelle, aspetta, piú che un ciuffo, un'onda che taglia a metà quel tuo ceruleo occhio destro... una bellezza nordeuropea, raro trovarne a queste latitudini, una bellezza non convenzionale ma con un che di... non riesco a spiegarmi sino in fondo, scusami...

– E de che?

– Qualcosa di sacro. Oh, intendiamoci, niente Madonne, pie vergini o quant'altro, qui, poi, figurati, in questa casa... intendo dire: sacro per me...

– Per lei?

Il principe sospirò, scuotendo la testa.

– Per me, sí. Per questo, vedendoti, ho pensato...

Ma che cosa avesse pensato, alla fine, non fu detto. Per un breve istante s'era acceso, negli occhi scuri del principe, un lampo rosso, fiammeggiante, come se la lingua di fuoco che palpitava nel caminetto si fosse sdoppiata, e una parte si fosse trasferita nel suo sguardo. Sembrava un pesce freddo, il principe, e magari, invece, era uno che, a prenderlo per il verso giusto, si scaldava. Però poi la scintilla, fugace, cosí com'era apparsa si spense.

– Mi scusi, sono passato al tu senza volerlo, e forse mi sono spinto troppo avanti...

– No, no, ma le pare, principe...

– Quando ci conosceremo meglio... se ci conosceremo meglio... le parlerò di me.

– E vuol dire che aspetterò, principe.

Lui sorrise, ma si vedeva che si era fatto pensieroso, e forse era dispiaciuto. Aveva commesso un errore?, si domandò Sharo. Eppure, non le era sembrato. A ogni modo, ancora il principe non aveva detto che cosa cercava da lei. Ma Sharo voleva sapere. E tornò a chiederlo, educatamente, ma con fermezza.

– Sí, ha ragione. Sharo, – aggiunse, dopo una pausa intensa, necessaria per mettere a fuoco lucidamente la richiesta, – mi piacerebbe fare un giro alle Torri...

– E quando?

– Ora.

VIII

Visto dall'alto, dal poggetto sopra il curvone, alla fine della rampa del Grande Raccordo, il quartiere sembrava un serpentone avvoltolato in un doppio ordine di spire. E le luci della notte, con il loro brillio sporadico e intenso, parevano le macchie di colore sul grigio scuro della pelle. Una luna pazzesca aveva fatto fuori la caligine, e la visuale era ottima. Il principe arrestò la moto e si sfilò il casco.

– Lei qui ci è nata, Sharo?

Anche lei si sfilò il casco e annuí.

– Sí, ce so' nata.

– E quanti anni ha?

– Ventitre... fra un po' ventiquattro. So' de febbraio.

– Me le spieghi, queste Torri.

– Lei che ne sa?

– L'architetto che se le inventò, tanti anni fa, era un amico di famiglia.

– Bello stronzo.

– Animato dalle migliori intenzioni: dare al popolo una casa dignitosa in un luogo ameno e confortevole.

– Anvedi! Comunque, qua ce stanno due strade grandi, quella qua sotto, che poi è l'ingresso principale, e quell'altra, la parallela. Sulla via principale ci sono dodici isole, ognuna con una coppia di torri... intorno ce stanno i prati, che, oddio, li potrebbero pure tene' mejo...

– Potrebbero chi?

– Mah, il comune, che ne so...

– E voi che ci abitate?

– Sí, ce sarebbe 'na specie de comitato, ma...

– Ma?

– So' zecche.

– Nel senso degli insetti?

– Nel senso dei comunisti, – rise lei.

– Non sono molto popolari, qui da voi.

– Boh. Mio padre era comunista. Ma io non m'interesso de politica. Scendiamo?

– Le va di guidare, Sharo?

Lei fece segno di sí e si rimise il casco. Era contenta che il principe gliel'avesse chiesto. Lo desiderava da quando erano saliti sul Majesty 400. Una moto cosí grossa non l'aveva mai portata. Si stupí della maneggevolezza. E della facilità con cui riusciva a guidarla. Il principe, poi, sedeva nel modo ortodosso, mani sulle maniglie all'altezza della ruota posteriore. Sharo era un po' delusa. Si era aspettata la classica stretta ai fianchi. Niente implicazioni, eh. Solo che quando si va in due è cosí che dovrebbe funzionare.

Sulla via principale c'era poco traffico. In compenso, da tante finestre spalancate filtravano il lucore e il suono di tanti schermi. Percorsero tutta la strada, da un'estremità a quella opposta. Chissà che cosa ne pensava, il principe. Forse le sarebbe toccato riportarlo alle Torri di giorno, quando c'era piú vita. E magari era meglio cosí. Avrebbe dovuto dirglielo subito, che lei le Torri le odiava. Presero la parallela. C'era un edificio tutto illuminato, e intorno macchinoni parcheggiati. Il principe le picchiettò sulla spalla. Lei capí che voleva fermarsi. Arrestò il motorino davanti al cubo di cemento. Altra sosta, via il casco.

– Ma è un teatro! – esclamò il principe, una volta messa a fuoco la situazione.

– Sí, ma adesso è di nuovo fermo.

Il principe si avvicinò e lesse il cartellone dell'ultimo spettacolo.

– *Aspettando Godot*... uhm, impegnativo...

– È una cosa un po' da ridere, – spiegò Sharo.

– Questo spettacolo? Ne è certa?

– Noo, principe, io non ne so niente de 'sto spettacolo... dico: quando viene qualche compagnia, se porta appresso il pubblico, calano dal centro come tanti de quelli... come se chiamano... gli esploratori quando vanno in Africa... chissà che se pensano de trova'...

– Come me, allora, – sussurrò lui, accusando il colpo.

– Senza offesa, eh!

– Quindi lei, Sharo, non ci va a teatro.

– Mi ci portò mamma, tanti anni fa. Era una recita per regazzini, mi pare *Cenerentola*.

– E le piacque?

– La parte quando muoiono le sorelle.

– Veramente nell'originale vengono accecate.

– Vabbè, so' bastarde, principe, devono paga'.

– Una morale semplice ma almeno molto determinata, – concluse lui.

Sharo si chiese se nella replica del principe ci fossero sarcasmo o ammirazione. Tutte e due, forse? In ogni caso, era stata sincera.

– Sharo! Anvedi, Sharo!

I due ragazzi erano sbucati da chissà dove. Sharo li riconobbe e li salutò con un cenno rapido. Il Turco e il Tovaja, due fratelli dell'isola 11. Conoscenti, niente di piú. Sharo sperò che si levassero di torno rapidamente, e che non facessero troppe domande. Per qualche motivo, era certa che il principe preferisse mantenere l'incognito.

– Sha', se non c'hai niente di meglio da fare perché non vieni co' noi? – propose il Turco.

– Turco...

– E dài! Stamo al *Gran Caffè*, ce so' un po' d'amici... porta l'amico tuo, non c'è problema...

Sharo guardò il principe, pronta a scusarsi. Ma quello, contro ogni sua previsione, disse «perché no?» e calzò il casco. A lei non restò che mettere in moto e avviarsi.

Il caffè era chiuso, insegne spente, saracinesche calate. Ma dall'interno filtrava un inequivocabile suono di musica tecno. Prima di entrare nel locale, Sharo chiese al principe se era sicuro di quello che faceva.

– Sicurissimo.

– E se qualcuno domanda di lei? Che gli raccontiamo?

– Che sono della Tv e sto facendo ricerche per un talent.

– Lei non mi sembra tipo da talent.

– Ho le mie piccole perversioni.

– Però se gli diciamo che c'è la tele nun se li levamo piú de torno.

– E allora non gli diciamo niente. Su, Sharo, ho affrontato situazioni piú difficili...

E se proprio insisteva... Sharo bussò, qualcuno osservò da uno spioncino, la saracinesca fu sollevata. E a Sharo sembrò di tuffarsi nel recente passato. Quando non c'era nessun virus. Non si parlava di distanziamento sociale e di mascherine. E la parola assembramento manco si sapeva che significava. Una festa, Sharo. Una festa come ai vecchi tempi. Con la musica a palla, le bottiglie e gli shottini che giravano. Un po' di tavoli erano stati accatastati, e si era creata una pista da ballo improvvisata. Ci si muovevano ragazze e ragazzi, alcuni con l'aria imbambolata. Chissà che altro girava, allora, perché a condurre le danze c'era niente meno che l'Aquilotto in persona, con alle spalle il fido Motaro, che quando vide Sharo s'illuminò tutto, e non ci fu verso di tenerlo a bada finché lei non gli presentò il principe, col nome di fantasia di signor Carlo, uno della televisione. Motaro si fomentò all'istante.

– Ahò! 'A televisione! Tovaja, vie' un po' qua...

I due fratelli si avvicinarono. Venne fuori che si festeggiava il Tovaja perché aveva appena superato i test di ammissione a Medicina. Il principe gli fece i complimenti, il Motaro gli assestò una pacca esagerata sulla spalla che a momenti lo mandava a gambe levate, mingherlino com'era. E al Turco, forse per la commozione, scappò un rutto reboante.

– Ma che figura ce fai fare, a Turco! – lo redarguí il Motaro. Poi, rivolto al presunto uomo della Tv: – Oh, me raccomanno, che qua se arrivano le guardie ce carcerano tutti.

– Tranquillo, – intervenne Sharo.

Motaro e i fratelli si allontanarono, richiamati da qualcuno in pista. Sharo andò al bancone e tornò dopo cinque minuti, con due spritz. Il principe se ne stava a bordo pista con un sorriso errabondo.

– Questo Tovaja... a che cosa deve il soprannome, Sharo?

– Ma l'ha viste le camicie che porta, principe?

– Ah, capisco, i quadretti... be', mi pare proprio un bravo ragazzo.

– Un miracolato, col fratello che s'aritrova.

– Il Turco?

– Proprio lui. Spaccia per conto dell'Aquilotto, che poi è quello che vende la roba a tutte le Torri.

– E sono fratelli? Il Turco e il Tovaja? E com'è possibile?
Ecco, principe, vediamo se mo' cominci a capi'. Prima
di tornartene al tuo castello...

– Principe, il Turco è 'na merda, il Tovaja un bravo
pischello. So' fratelli, va bene? Come quei due fregnoni der Campidoglio, quelli che uno campa de giorno e
uno de notte... Tovaja pe' cinque anni s'è fatto un'ora
andata e un'ora ritorno coi mezzi pe' frequenta' il liceo
del centro, e più de 'na vorta è tornato colla faccia vio-
la, le prendeva perché era povero, o semplicemente perché veniva dalle Torri e a quelli del centro non gli stava
simpatico... e lui non si difendeva, perché lo so che dice
che qua alle Torri tutti meniamo, embè, ce sta pure chi
nun ha voglia de mena'... Le Torri nun so' come se dice
alla televisione, nun è mai come alla televisione, qua chi
spaccia e chi se fa' in quattro pe' campa onestamente vi-
vono sotto lo stesso tetto, vanno pure a letto insieme...
nun è mai come sembra, mai!

Il principe, senza dismettere il sorriso, sollevò il bicchiere alla sua salute.

– Lei non balla, Sharo?

– Perché, lei avrebbe voglia...

Il principe la prese per mano e si lanciarono in pista.
Sharo pensò che la sua vita era un casino, ma che le stavano succedendo cose strane. Che voleva scappare dalle
Torri e non aveva uno straccio di ragazzo, ma che stava
ballando con un uomo affascinante, frocio, vabbè, ma alla fine chi se ne frega. Che voleva scappare dalle Torri,
ma che quella sera ci si sentiva miracolosamente a casa.
Che ballare era magnifico, che stavano tutti rischiando
grosso a starsene assiepati in quella scatola di sardine, ma
vabbè, per una notte 'sto cazzo di virus poteva pure andarsene al diavolo, no? Piantò in asso il principe e andò

a calarsi uno, due, tre shottini a catena. Erano mesi che non si perdeva. Mesi che non si ritrovava.

In seguito, avrebbe ricordato, di quella serata, solo lampi improvvisi: l'Aquilotto che le diceva: «All'amico tuo la roba non piace, ma chi m'hai portato, un cazzo di vescovo?» e lei che si tratteneva a fatica dal rispondere: se sapessi, a scemo! Il Motaro che le sussurrava all'orecchio «Sharo, sto tranquillo, a quello della televisione je piacciono i maschietti, ma quanno te va, tu e io...» e altri shottini, e la musica violenta, sempre piú violenta, e le piroette sulla pista, e il Motaro che la strattonava, Sharo, ce sta un problema, devi veni', e il problema era che il principe aveva calato le mani a un pischello e quello j'aveva menato. Sharo si era messa in mezzo, e anche il Motaro, e l'equivoco, diciamo cosí, si era chiarito, il principe aveva offerto un giro all'intera compagnia, sfoderando due banconote da cento, e alla fine si erano ritrovati tutti e due davanti alla fontana, quella vicina al teatro. Il principe c'aveva un occhio mezzo nero e un filo di sangue alla bocca. E Sharo fece appena in tempo a ficcare la testa sotto il getto gelido che partirono uno, due, tre conati di vomito.

– Sharo? Sharo, come va?

– Meglio, – concesse lei, – ma pure lei c'ha una faccia...

– Eh, sí, ma me la sono andata a cercare, quindi...

– Che ore sono?

– Le quattro. È stata una lunga serata, Sharo.

– Mi dispiace, principe.

– E di che? Non me la spassavo cosí tanto da mesi... forse addirittura da anni...

– Principe, te posso di' 'na cosa? Sei terribile!

– Lo prendo per un complimento, Sharo.

Scoppiarono a ridere, all'unisono. Poi la risata si spense, improvvisa com'era sorta. Ci fu un istante in cui si fissarono con una complicità che sembrò annullare ogni differenza: di età, di classe, di orientamento sessuale. Un uomo cresciuto e una ragazza che si guardavano. E, fra loro, attrazione. Passò presto, ma era stato cosí intenso... Il principe ruppe il silenzio.

– Voglio darle un lavoro, Sharo.

– Un lavoro? Io ce l'ho già, dal sor Gastone, anzi fra un po' ce devo anna'...

– Un lavoro migliore. Quella roba che mi ha ceduto l'altra sera... vorrei che fosse lei, e solo lei, a portarmela.

Ah, cosí era di questo che si trattava! Il principe cercava la sua spacciatrice personale! Sharo provò una punta di delusione. Ma che s'era aspettata, 'n finale?

– Io non faccio la spacciatrice. L'altra volta è stata la prima e l'ultima.

– La pagherò bene. Mille euro a consegna.

– La roba non è mia. È dell'Aquilotto, gliel'ho detto...

– La prego, – la interruppe lui, con un gesto annoiato, – detesto occuparmi dei dettagli. Sono affari per gente come Renzino.

– Be', comunque non è roba mia.

– I mille saranno un extra. Solo per lei, Sharo.

– E quante...

– Almeno una volta a settimana. Ma potrebbero sorgere necessità... improvvise... e allora il compenso potrebbe aumentare. Diciamo millecinquecento per le chiamate d'emergenza... Allora, Sharo?

Perché avrebbe dovuto accettare? Significava cambiare vita! Aveva rotto con Fabietto, mandato a quel paese l'Aquilotto. Era scritto nel destino che facesse la fine di tutte le illuse delle Torri? Doveva rinunciare per sempre al sogno di affrancarsi? Il principe la osservava, in apparenza imperturbabile.

– Sta bene.

Il principe sorrise e le tese la mano. Sharo la strinse, convinta. La delusione era alle spalle. Come si sentiva, in quel momento? Le venne in mente un aggettivo: invincibile.

– La moto la tenga pure, Sharo. Ho chiamato Renzino. Sarà qui tra un attimo.

IX

Ovviamente, Sharo non tornò mai piú a lavorare per il sor Gastone. Nelle due settimane che seguirono la folle notte, effettuò per il principe tre consegne, di cui una straordinaria. Incasso: tre sacchi e mezzo, con i quali si riportò in pari col mutuo e comperò su eBay una nuova sedia a rotelle per sua madre. Con l'Aquilotto si erano accordati per duecentocinquanta a consegna, la metà di quanto pagava Fabio: perché stava «in prova», il che significava che l'Aquilotto non si fidava sino in fondo. Lo insospettiva tutta quella confidenza fra l'ultima arrivata e il suo cliente di prestigio. Ma finché i viaggi erano regolari, la merce veniva pagata il dovuto e nessuno si faceva venire strane idee in testa, era meglio non intervenire. A ogni buon conto, l'aveva fatta seguire discretamente dal Motaro, che non aveva segnalato niente di anomalo. Anche perché, appena ricevuto l'incarico, lo aveva comunicato a Sharo stessa. Per farsi bello ai suoi occhi, ovvio.

Er Motaro non la smetteva di ronzarle intorno. E nonostante Sharo avesse cercato in tutti i modi di fargli capire che non era cosa, non demordeva.

Un pomeriggio, dopo tanti rifiuti, decise di unirsi alle amiche per un'uscita «come 'na vorta». Si ritrovarono al karaoke pub sulla Collinetta, che se possibile era un posto ancora piú lontano dalla città vera di quanto non lo fossero le Torri. Non erano manco le cinque, si doveva stare all'aperto col gelo e la minaccia di pioggia, sotto un fungo palesemente insufficiente, e toccava pure fare in fretta. I signori del governo avevano deciso che si rincasava alle ore ventidue, e che non potevi prenderti uno shottino in piú di quattro al tavolo, e ballare non ti sto manco a dire, vietato proprio. Le amiche stranirono quando la videro arrivare a cavallo del Majesty 400.

– Bonus aziendale, – disse lei, sfilando il casco sotto le loro occhiate ammirate.

Spiegò che aveva trovato lavoro in un negozio del centro, un posto elegante. Solita attività: tenere i conti, data la sua ben nota abilità a cavarsela coi numeri. La stessa bugia che aveva rifilato alla madre. Ma poi, piú che una menzogna, era piuttosto una verità addomesticata: lei in centro ci lavorava effettivamente – le consegne cos'altro erano, se non il suo attuale lavoro? – e quanto allo scooter era effettivamente un bonus. Elargito dal principe, il quale non sopportava l'idea che Sharo continuasse a girare coi mezzi.

L'incontro con Catia la shampista, Miki la cassiera dell'autogrill e Rosy, incinta di sei mesi, scatenò in Sharo sentimenti contrastanti. Da un lato, le chiacchiere, lo spritz, gli stuzzichini, la musica di sottofondo erano come una specie di ritorno alla vita. La paradossale vita della pandemia, col karaoke spento e il divieto di canto, ma pur sempre vita. Una bella ripresa, dopo quei mesi di buio. Dall'altro lato, c'era qualcosa che le impediva di abbandonarsi, di godere a pieno della situazione. Un desiderio di essere lontana da lí. Dove? Dal principe, forse? In centro? A parlare d'altro? A imparare qualcosa di diverso? A guardare le Torri dall'alto? Miki raccontò che una sera uno dei Parioli le aveva fatto un apprezzamento pesante, e lei gli aveva risposto a tono, e quello aveva rincarato la dose, qualcosa come «si vede che vieni da un posto di merda», e lei, ragazze, mi s'è mosso qualcosa dentro, e gli aveva rovesciato una tazza di caffè sulla faccia, dovevate vederlo, l'espressione che ha fatto, ma alla fine invece di imbruttirsi, l'aveva buttata sullo scherzo, ed era diventato cliente fisso del bar.

– E volete sape' 'na cosa? Je piace!

E intendeva, Miki: non sono solo io che gli piaccio, e su quello può mettersi l'animo in pace perché 'sti fresconi non sono proprio il mio tipo. No, non solo io. È il modo che ho di fare, quello che mi porto dentro... insomma, questa gente mi rispetta perché vengo da qua.

Da qua, da dove lei voleva andarsene con tutte le sue forze. Sharo fu colpita dall'episodio. Pure il principe, quella sera, non le aveva forse detto di essersi divertito un mondo? Alle Torri! Bisognava essere strani forte, per farsele piacere...

– A Sharo, ma che stai a pensa'?

– Eh, c'ha altro pe' la testa, l'amica nostra.

– O vedete quanto sta luminosa?

– Io dico che s'è messa co' qualcuno?

– Te sei messa co' qualcuno?

– Nun è quello della televisione?

– Quello che hai portato alla festa?

– Ma nun je piacciono le donne!

– Diccelo, su.

Protestò, con convinzione. Ma quelle sembravano altrettanto sicure. No, Sharo c'ha una storia. Ecco perché ha cannato il povero Pennellone. Miki sfoderò una foto su Instagram: Fabio con grembiule e berretto da barman e sullo sfondo una rastrelliera piena di bottiglie di marca. La didascalia diceva: «Nuova vita riga» e «Pe' Sharo 'a cerbiattina mia».

– Quello te more ancora appresso.

– Damme retta, nun è cattivo.

– Ma poi, alla fine, che sarà successo mai, fra de voi?

– Ma saranno affari miei, no?

Sembrarono placarsi. Poi, a un certo punto, la gravida disse che doveva rientrare, faceva troppo freddo per restare all'aperto, Miki e Catia si eclissarono in bagno, e Sharo restò sola.

E un minuto dopo al tavolino sedette Fabio. Ancora un po' zoppetto, ma senza stampella.

Era una trappola. E lei c'era cascata in pieno.

– Ciao, amo'. Passavo de qua...

– Sí, puoi sederti, Fabio.

Lui allargò le braccia.

– Me manchi, Sharo. Guarda che mo' c'ho un lavoro regolare, ho chiuso con l'Aquilotto e con tutta quella merda...

Be', lei aveva appena cominciato. L'aveva piantato perché non voleva stare con uno spacciatore, e ora quello era il suo lavoro. Certo, l'aveva fatto solo tre volte, quattro, contando la sera dell'incidente. Certo, poteva dire a sé stessa che era solo un'occupazione temporanea. La verità è che non sentiva nessun bisogno di giustificarsi. Ma come l'avrebbe presa, Fabio, se lei gli avesse raccontato del principe?

– Ti sei fatto crescere i capelli.

– È stato Jimmy.

– Jimmy?

– Il padrone del *Nirvana*, il posto dove lavoro... dice che la pelata fa brutta impressione, e allora... ma se tu me lo chiedi, amo', io torno subito come prima...

– No, resta cosí, ti dona.

Doveva essere stata un po' troppo incoraggiante, questa risposta, perché lui si slanciò in avanti e le prese una mano fra le sue.

– Sharo, te vojo di' che io sto qua, so' pronto a ricomincia' tutto daccapo... me basta 'na parola tua e io...

– Dammi tempo, – rispose lei, d'istinto, ritirando la mano.

– Ma ci posso sperare, amo'?

Lei prese il casco e si alzò.

– Se beccamo, Fabie'.

Mentre metteva in moto lo scooter, pensò che voleva bene a Fabio. Rivederlo non le aveva procurato un tuffo al cuore. Quando le dita si erano sfiorate non era stata investita da un'ondata di desiderio. Sí, gli voleva bene. Ma l'amore è una cosa diversa. E magari fra loro due non c'era nemmeno mai stato. Pensò di tornare sui suoi passi e dirgli tutto. Perché non essere sincera? Perché alimentare le illusioni? Poi pensò che stava cominciando a piovere, ebbe fretta di rincasare, le passò la voglia.

Quanto alle amiche, s'erano rivelate un bell'accollo. Che se la sbrigassero loro, col conto.

X.

La sera dell'ultimo dell'anno si ritrovò l'Aquilotto sotto casa.

– Te devo parla'.

Doveva trattarsi di una cosa seria, se invece di mandare il solito Motaro si era scomodato il capitone in persona.

– Embè?

– Renzino ha chiamato per una consegna al volo.

– Non se ne parla.

– Paga doppia.

– Ma c'è il coprifuoco.

– Sharo, paga doppia, m'hai sentito?

– E che succede se mi fermano?

– Gli dici che stai andando a fare l'iniezione a uno zio malato, – rispose l'Aquilotto, – passiamo un attimo al bar e ti do la cassetta del pronto soccorso... Renzino è d'accordo e se qualcuno je dovesse telefona', lui gli dà la conferma.

Insomma, non c'era modo di rifiutare, e poi paga doppia significava tre sacchi. Avrebbe finalmente potuto permettersi un iPhone di nuova generazione, buttare quel citofono ammaccato con cui andava in giro da anni...

– Allora, biondi', affare fatto?

– Vado a cambiarmi.

– Datte 'na mossa.

Sua madre stava lottando col telecomando di una smart Tv. Il regalo di Natale di Sharo. Che non era stato apprezzato a dovere, come tutto quello che faceva per quella donna impossibile. L'ultimo sospetto era che dietro l'improvviso benessere che aveva colpito la famiglia ci fosse qualche attività illecita. E fin qui... mammina cara, però, mica pensava allo spaccio. No. Per lei Sharo era coinvolta in cose di sesso: cioè, in pratica, sua madre le aveva dato della zoccola. E aveva scelto, per farlo, la cenetta a due del 24 sera. Sharo non era mai andata cosí vicino a spaccarle qualcosa in testa. Si era trattenuta perché... perché dopo tutto quella, sino a prova contraria, era sua madre. Ma una via d'uscita a quella galera bisognava trovarla, prima o poi. Nel vederla che si preparava, Serenella riattaccò la canzone.

– E mo' 'ndo vai?

– C'ho un'emergenza sul lavoro.

– See, mo' se chiama lavoro!

Sharo inforcò l'uscita un secondo prima che l'istinto omicida prendesse il sopravvento.

L'Aquilotto era impaziente di rintanarsi in cucina co' Barbarella sua.

– Oh, ce n'hai messo de tempo! Guarda che c'ho pure 'na tavoletta de cioccolato bianco...

– Cioccolato bianco?

– A Mafalda, pische', a Mafalda. Ma che te devo spiega' tutto? Quella la metto a un sacco e mezzo. Inteso?

L'Aquilotto la trattava come una pischella. Dava per scontato che certe informazioni non fossero alla sua portata. L'Aquilotto era un troglodita. Vabbè, lei non aveva colto al volo il sottinteso, ma insomma... La Mafalda era Mdma, la roba che ti tira su. Negli ultimi due mesi le consegne si erano intensificate. Sharo s'era fatta insegnare un po' di trucchi dar Boccia, uno smanettone dagli occhi perennemente cerchiati di rosso che viveva rintanato in una spelonca che manco alli cani. Bravo, però, nel suo mestiere: si era fatto un nome nel giro degli spacciatori di calunnie e fake news. Da lui aveva appreso che ci si poteva facilmente procurare la «Gina» sul dark web. Inoltre in alcuni Paesi, come l'Olanda, la Croazia, la Polonia, Ghb e Gbl erano in libera vendita: prodotti impiegati in vari rami industriali, tipo la pulizia dell'argento, ma anche in medicina. A Sharo bastarono pochi giorni per farsi una cultura in materia di «Gina». Senza particolare impegno, perché era tutto sul web ufficiale, e la fonte primaria erano i siti delle guardie. Un flacone da un litro poteva costare cento-centocinquanta euro. L'Aquilotto lo vendeva a cinquanta volte tanto, e quello era il prezzo per un cliente che acquistava grossi quantitativi, perché, tenuto conto del numero delle dosi ricavabili, a spacciarlo a gocce il guadagno era ancora maggiore. E considerando che l'accordo col principe poneva le spese di consegna a carico di quest'ultimo, il ricavo era netto, e praticamente a rischio zero: se qualche guardia avesse avuto la pessima idea di fermarla, sarebbe stata Sharo a pagare per tutti. L'Aquilotto era un vero bastardo, dunque.

Tornando alla «Gina» – ma in gergo si usavano anche termini come «Tina», «Prodotto», «Profumo» – ne bastavano poche gocce, sciolte in un succo di frutta dolce, per indurre un rilassamento muscolare e uno stato di stordimento che predisponevano alla massima disponibilità. Il che vuol dire che se la prendevi per divertimento, e nel pieno possesso delle facoltà mentali, serviva a una scopata memorabile; se te lo somministravano di nascosto, diventava droga dello stupro. Molto diffusa nella comunità gay – e questo, per quanto aveva capito dalle sue frequentazioni principesche, Sharo poteva testimoniarlo in prima persona – la droga dello stupro aveva effetti di breve durata e una controindicazione evidente: il rilassamento andava bene per subire, ma non garantiva, anzi, depotenziava l'eccitazione. Per questo si doveva assumere in concorso con un qualche stimolante. E qui entravano in gioco i fratellini di Ghb e Gbl, Mdma, coca, il khat e il khat sintetico, il catinone. Un sorso di ammorbidente e una fumatina di irrigidente, e la seratina era acchittata, insomma. I catinoni andavano di moda, ultimamente, per due ottimi motivi: costavano molto meno della coca e si potevano sintetizzare con molecole simili, ma non identiche, a quella base. In altri termini, facevano lo stesso effetto della roba vera, erano roba vera a tutti gli effetti, ma chi li confezionava usava una formula che non era vietata, e quindi potevano passare impuniti sotto il naso delle guardie. Per un certo periodo, almeno: perché alla fine se ne accorgevano e mettevano fuorilegge anche la molecola ultima arrivata. E allora toccava inventarsene un'altra, e il balletto ricominciava.

XI

Aveva appena imboccato il curvone che dalla tangenziale immetteva in direzione centro quando fu fermata da una pattuglia della Municipale. Erano in due. Uno controllava i documenti al terminale, seduto sulla macchina di servizio, l'altro esaminava con il massimo scrupolo il Majesty. Ma era tutto in ordine, su tutti i fronti. Compresa la telefonata di conferma a Renzino. Nel restituirle la patente, gli operanti avevano gli occhi lucidi. Anvedi che brava ragazza, la notte di capodanno, in piena pandemia, va a fare la punturina allo zio malato! Ammirato, il capopattuglia le consegnò una specie di verbalino dal quale risultava che era autorizzata a girare anche dopo l'orario stabilito.

– Cosí er fidanzato tuo nun s'imbruttisce!

Se avessero immaginato quello che si portava appresso, pori puffetti! Sharo era sorpresa dal suo stesso sangue freddo. Niente sudori, tremori, rossori e quant'altro. C'erano tutte le premesse per prendersi uno spavento memorabile, ma lei niente. La donna di ghiaccio. Le veniva da ridere, a pensare che solo tre mesi prima la prospettiva di girare con un carico di «Gina» l'avrebbe fatta inorridire.

Arrivò al palazzo senza altri intoppi. Mancava poco a mezzanotte. Renzino, in smoking e papillon nero, le aprí, la squadrò, si fece consegnare la bottiglia, mugugnò acido qualcosa come «vado a prendere i soldi» e la piantò in asso sull'uscio. Decisamente, quel tipo le dava sui nervi. Si era persino scusata, ma che diavolo andava cercando ancora?

Dall'interno filtrava una musica martellante. Sharo entrò, e si avviò spedita verso il salotto dal quale proveniva. Il salotto col caminetto e i ritratti degli avi dove, di solito, si svolgevano le brevi conversazioni col principe. Disseminati su due lunghi divani c'erano quattro o cinque ragazzotti dall'aria trasognata. Tutti in smoking, circondavano il principe, che si lasciava accarezzare con aria svagata. Il principe e Renzino, che arrivava dal lato opposto dell'appartamento, si accorsero di lei contemporaneamente. Renzino le disse a gran voce di fermarsi.

– Chi ti ha autorizzata a entrare? Ti avevo detto di aspettare!

Il principe, invece, respinse con un gesto secco il ragazzo che gli stava piú vicino, si alzò e si accostò a Sharo, con un bel sorriso stampato sul volto.

– Principe.

– Sharo. Tanti auguri per l'anno che muore e per quello che incomincia.

– Grazie, altrettanto. Mo', se per cortesia…

– Ha fretta, Sharo? Che programmi ha per la serata?

– Programmi? Quelli della televisione. E il brindisi di mezzanotte con mia madre. Ma me sa che pe' quello s'è fatto tardi…

– Ah. Non c'è qualcuno… nella sua vita, intendo?

– C'era. Non ha funzionato.

– Mi dispiace. Perché non si ferma a bere un bicchiere? Anzi, facciamo una cosa: si trattenga per la notte. Lo spazio non manca!

– Orso, ma questo è troppo! – sbottò Renzino, che aveva seguito il dialogo con crescente impazienza.

Oh, ma non si reggeva proprio, 'sto qua! Veniva voglia
di accettare l'invito solo per fargli un dispetto. Ma a convincere Sharo fu piú che altro la triste serie di fotogram-
mi che visualizzò in rapida sequenza: lo squallido tinello
di casa, la bottiglia di prosecco, le patatine, i cappellini di
carta e le lingue di Menelik comperate dai cinesi dell'isola 7, la girandola scintillante che però non fa il botto, la
voce graffiante di Serenella, il brindisi tardivo accompagnato dall'enciclopedia delle recriminazioni, l'inevitabile
lite. Indirizzò un sorrisetto sarcastico a Renzino, e disse
al principe che accettava.

– Mi pare una notizia eccezionale! Renzino, sii gentile, sai che ho dato la giornata libera ad Ahmed… potresti
occuparti della stanza blu? Grazie.

Il principe la scortò verso un locale attiguo, dove era
imbandita una lunga tavolata con vassoi colmi di avanzi.
Aragosta, caviale, insalata russa, un'enorme forma di par-
migiano, prosciutti, un grande arrosto, due fiamminghe di
salmone affumicato, e poi verdure, frutta, e torte…

– Brindiamo.

– Alla salute, principe.

– Si serva, Sharo. Non mi sembra il tipo dell'anoressica.

Chi, lei? Il contrario, semmai. Con questo piccolo dettaglio che poteva sfondarsi e non prendeva un etto. Anche questo le rimproverava sua madre, come se fosse parte
di una congiura: la figlia snella e l'impero delle tenebre, il
mondo contro Serenella… Che avrebbe pensato se l'avesse
vista qui, mentre il principe le serviva una coppa di champagne? Alla fine, però, Sharo le telefonò. Le disse che non
avrebbero passato la mezzanotte insieme, che non si preoc-
cupasse, sarebbe tornata la mattina dopo, e troncò la conversazione per evitare l'incontro di wrestling verbale. Per
maggior sicurezza, spense l'apparecchio. Il principe, nel

frattempo, le aveva preparato un piatto di prelibatezze. Se non avesse saputo con certezza che giocava nell'altra squadra, avrebbe giurato che stava tentando di sedurla. Intanto, lei si sforzava di non esagerare col cibo, ma sperimentava sapori che non le erano familiari, e li trovava molto, molto buoni. Il principe la osservava sorridendo, e, sí, non c'era niente di lascivo in quello sguardo. Semmai, una certa tenerezza, mista a un fondo di sofferenza.

Ricomparve Renzino, in compagnia di un quarantenne abbronzato, con dei vistosi occhiali a specchio. Anche lui in smoking. Il nuovo arrivato e il principe si abbracciarono, poi fu il momento delle presentazioni. Sharo strinse la mano del tipo, il nome che era risuonato non riuscí ad afferrarlo, anche se evocò una vaga memoria. Renzino fece presente che mancavano cinque minuti alla mezzanotte. Il principe li accompagnò in terrazza. Strada facendo, prelevò da un armadio un lungo scialle verde e vi cinse le spalle di Sharo.

I giovanotti attendevano, ciascuno armato di bottiglia e pronto a far saltare il tappo. L'affaccio su Roma era spettacolare, comunicava un senso di dominio e di magnificenza. Mano a mano che la mezzanotte si avvicinava, la foresta dei tetti si andava popolando di gente, e dall'orizzonte si intensificavano i bagliori e cresceva lo scoppiettante concerto dei botti. Le autorità avevano vietato di sparare, e Roma tutta sparava; le autorità avevano vietato gli assembramenti e le terrazze brulicavano di umanità. Era il trionfo dell'incoscienza sulla prudenza? O semplicemente la voglia, irrefrenabile, di vivere che straripava da argini troppo angusti e miseri? A mezzanotte, all'unisono, i tappi saltarono, le coppe furono colme, e Sharo si ritrovò a baciare sulle guance il principe. Le sembrò che l'altro avesse gli occhi lucidi, e fu sul punto di ripetere la domanda che prima o poi avrebbe avuto risposta: perché? Perché sono qui adesso? Si chiese, per un istante, se le sarebbe mai accaduto di innamorarsi di un uomo come lui. Poi i ragazzi cominciarono a baciarsi e lei capí di essere di troppo. Del resto, non moriva dalla voglia di assistere a un'ammucchiata.

Il principe colse al volo la sua occhiata e fece un cenno a Renzino. Venti minuti dopo era sdraiata in un grande letto dal baldacchino blu. Come le pareti della stanza e del piccolo bagno annesso, come la lunga camicia da notte di seta che le avevano fatto trovare sul piumone, anch'esso blu. Prima di restare sola, aveva proposto a Renzino una tregua.

– Guarda che non te lo porto via, a bello!

Non c'era stata risposta.

XII.

Lamia! Lamia! Lamia!

Un urlo ripetuto, lacerante, disperato. A Sharo sembrò erompere dal sogno che in quel momento stava sognando, e che non avrebbe ricordato. Era, invece, concreto e reale. Il letto ondeggiava, squassato da mano furiosa. Spalancò gli occhi. Qualche secondo per realizzare dove si trovava, memorizzare i recenti eventi, mettere a fuoco la figura che le si parava davanti.

Lamia! Lamia! Lamia!

Sharo rotolò fuori dal piumone, di lato, lanciando a sua volta un urlo. La figura continuava ad agitarsi e a gridare quella parola senza senso, lamia, lamia. Sharo balzò in piedi.
   – Chi sei? Che cazzo vuoi?
   Quello smise di scuotere il letto, e fece un passo verso di lei. Finalmente, Sharo riconobbe Renzino. Emanava un odore acre e zuccherino, alcol misto a traspirazione. La camicia a penzoloni slacciata sul petto tonico. È nudo, sotto, realizzò lei, e d'istinto gli sferrò un calcio al basso ventre. Renzino si attorcigliò tutto, mugolando di dolore. Il colpo era andato a segno. La ragazza accese la lampada sul comodino.
   – Si può sapere che c'hai contro di me, eh?

L'altro sollevò la testa. Gli occhi erano ridotti a due fessure iniettate di sangue. Fatto come 'na zucchina, concluse lei.

– Tu sei lamia, – articolò, – gli stai succhiando il sangue.

– Ma a chi? Ma che è 'sta lamia?

In quel momento arrivò il principe. Si avventò su Renzino e gli conficcò un ago nel braccio. Il giovane mormorò qualche altro fonema incomprensibile, poi chiuse gli occhi.

– Mi aiuti, – ordinò lui.

Lo adagiarono sul letto.

– Dormirà qualche ora, – aggiunse, dopo averlo coperto col piumone.

– Questo è tutto matto!

– Ha un po' esagerato, in effetti.

– Come me quella sera...

– Bel ricordo, – sorrise il principe, – ma lei si è ripresa in fretta...

– Ma poi chi è 'sta lamia, principe?

– Venga, le mostro una cosa.

– Un attimo, che mi vesto.

– Le presento Lamia.

Era la statua di una donna, a vederla davanti. Cioè, il mezzo busto. Aveva una strana acconciatura a onde, chiusa da una specie di casco. Era ricoperta da un mantello nero, ma a pensarci bene, piú che un mantello, era il prolungamento del casco. Il corpetto chiuso da un diadema celeste metteva in risalto seni importanti. Teneva la testa quasi reclinata. Il collo era lungo, il volto bianco, come quello di un pupazzo di neve o di una morta. Gli occhi erano chiusi. Poteva essere alta una sessantina di centimetri. Era posata su una colonnina, forse di marmo, in uno dei tanti salotti del palazzo.

– Io sarei come questa qua?

Il principe sorrise.

– Secondo Renzino sí.

– E perché?

– A lei che fa venire in mente?

– Una cosa sadomaso? – azzardò Sharo. – Tipo che si fa pagare per frustare gli uomini?

– In un certo senso. Ma stia a sentire: questa scultura, – sospirò il principe, – si ispira a una famosa ode del poeta Keats. Lamia è un demone in forma di serpente che assume le sembianze di una bellissima donna per stregare il giovane Lucio. Lo conquista, lo sposa e la notte delle nozze rivela la sua vera natura di rettile. Lucio, deluso, schiantato, muore di dolore.

– Ah. E lei... Lamia? Come la prende?

– Lei, a quel punto, è già scomparsa. Perché quello che le interessava era la conquista, l'affermazione del potere. Dell'amore del povero Lucio non le importava... Guardi la statua dal retro... l'artista coglie Lamia nell'atto della trasformazione... queste che si intravedono sulla schiena sono le squame del serpente... Lamia sta per svelarsi a Lucio...

– Vale molto? Questa statua, voglio dire.

– È una copia, – sussurrò lui.

– Insomma, io sarei un serpente... un'approfittatrice, e pure assassina... bel complimento m'ha fatto Renzino!

– È disorientato, bisogna capirlo. Ed è geloso.

– Di me? – la risata sgorgò spontanea. – Mi pare che non c'è proprio partita, principe. Senza offesa...

– Qua non si tratta di sesso, però, mia cara. Credo che per lui sia in gioco l'anima...

L'anima, francamente, le sembrava troppo.

– Principe, io me ne torno a casa. Tutti questi discorsi mi stanno stonando.

Lui la guardò con una strana, quasi supplichevole intensità.

– Potrebbe dedicarmi ancora qualche minuto del suo tempo?

E come faceva a dirgli di no?

Nel basamento del palazzo, il principe aveva attrezzato una specie di piccola sala cinematografica, con tanto di schermo e due file di poltroncine. Invitò Sharo a sistemarsi dove meglio credeva e si eclissò per occuparsi della proiezione. Due minuti dopo le luci si spensero e partí il filmato.

Una spiaggia battuta dal vento, deserta. Dune sullo sfondo, il mare che scintilla sotto il sole. Un ragazzo corre, di spalle. Ha capelli corti, biondi, è magro, non avrà piú di vent'anni. Chi lo riprende sta chiaramente correndo dietro di lui, perché le immagini sono mosse, imprecise. Poi il ragazzo si ferma, e anche l'operatore. Il ragazzo si volta. Faccia alla camera, sorride. L'operatore zooma. Primissimo piano. Fermo immagine.

– Ma che è 'no scherzo?

Sharo scattò. Sconcertata, spaventata. Per la prima volta, da quando tutta quella strana storia era cominciata, avvertiva una vera sensazione di pericolo. Quel ragazzo, là, sullo schermo… con quei capelli biondi, quel volto un po' ossuto, decisamente nordico, la frezza che taglia l'occhio chiaro quasi a metà… ma c'era lei sullo schermo, Sharo. Lei maschio, ma insomma, due gocce d'acqua. Possibile che avesse un gemello, senza saperlo? In piedi cosí com'era, Sharo intercettava il flusso luminoso della proiezione. La sua ombra si sovrapponeva al ragazzo identico a lei, in un gioco di comparire e scomparire che aveva qualcosa di perverso. Lamia, il sosia… il senso di pericolo cresceva. Sharo non si sentiva pronta ad affrontare una storia di questo genere. Qua non era roba di Aquilotto e Torri, c'era qualcosa di piú profondo, e di piú oscuro.

– Si chiamava Lars, – la voce del principe risuonò alle sue spalle, bassa, con un vibrato di emozione, – aveva vent'anni. Credo che sia stata l'unica volta in cui ho provato un vero sentimento. Mi lasciavo andare. Eravamo felici... se può poi esistere la felicità a questo mondo... Mi ero illuso che saremmo rimasti insieme per tutta la vita.

– E? – chiese lei, che non aveva la forza di voltarsi.

– Una malattia. Un soffio di vento. E non c'era piú.

– Mi dispiace, principe. Dev'essere stato tremendo...

– Diciamo che ho trascorso gli ultimi venticinque anni della mia vita come un sopravvissuto. Galleggiando. Non che ora ne sia fuori, ma... immagini che cosa ho provato vedendo lei, Sharo, – riprese lui, e la voce era decisamente un sussurro, – come una sorta di reincarnazione... senta, – proseguí, cambiando registro, meno coinvolto, ora, – Lamia assume diverse sembianze perché in realtà è una creatura incorporea. Una morta vivente, diciamo. Serpente, nella poesia che ha ispirato la scultura, ma anche bolla d'aria, crisalide, ectoplasma, medusa, persino vampira... quando l'ho vista, Sharo, ho pensato: è lui, è tornato. È il mio diamante grezzo. Vive alle Torri, ed è una femmina, d'accordo, ma è qui. E non me lo lascerò scappare. Ma poi mi sono detto: e se fosse Lamia? Se avesse ragione il povero Renzino, se lei fosse qui per portarmi alla dannazione?

– E ha preso una decisione, principe?

– Ancora no. Ma nel frattempo non vorrei perderla.

Sharo si voltò. Il principe la fissava imperturbabile, una mano sulla giacca dello smoking che sembrava aver attraversato la notte.

– E non vuole fare sesso con me?

– Gliel'ho detto, Sharo. Si parla di anima. Una cosa molto diversa.

– Io qua ci vengo a portare la «Gina», però.

– Per il momento.

– Finché non avrà deciso se so' donna o serpente?

– Ah, state qua voi due!

Fece irruzione il quarantenne con gli occhiali a specchio che aveva conosciuto la sera prima. Portava una maglietta slabbrata e shorts con maialini bianchi su sfondo azzurro.

– Scusate l'abbigliamento, ma del resto…

– È stata una notte agitata, – lo confortò il principe, – in tutti i sensi.

– I ragazzi hanno preparato la colazione, Orso.

– Già. E bisogna anche provvedere ai compensi. Andiamo. Sharo, se vuole trattenersi…

Il quarantenne si intromise.

– Scusa, Orso, posso dire due parole alla tua amica? In privato.

– Vi aspetto di sopra.

Il principe si avviò. Il quarantenne si sfilò gli occhiali. Gli stessi occhi alterati e iniettati di sangue di Renzino. Dovevano averci dato giú forte, quella notte. Il tipo la fissava, senza decidersi a venire al dunque. Sharo si spazientí.

– Mi volevi parlare?

– Cosí tu sei Sharo!

– Non è una novità.

– Il principe mi ha parlato di te. Sei quella che porta la mejo «Gina» de Roma.

– Veramente…

– Shh, shh, nun di' gnente. Io non vengo dal mondo del principe, siamo amici, se cosí se po di', ma insomma… allora, quanto la metti una boccia de 'sta roba?

– Cinque sacchi.

– Me sta bene.

– Il principe paga le consegne.

– Nei cinque, no?

– No. A parte.

– Mecojoni. E quanto sarebbe?

– Un sacco e mezzo.

– Se po' fa'. Diciamo una boccia a settimana a te sta bene?

– Se po' fa'.

– Ho visto pure la tavoletta de cioccolato... bella trovata.

– Un'idea del mio fornitore.

– Bravo. A quanto la metti la tavoletta?

– Millecinque.

– Un po' caro, ma una volta che uno fa l'ordine... è come on-line, no? Aggiungi ar carello... ah ah ah... senti un po'... e a cotta e cruda come stai messa?

Cotta e cruda. La coca raffinata e la pasta base. Anche questo lo aveva imparato dal Boccia.

– Devo chiedere.

– E tu chiedi. Però so' contento, a bella! Parlamo la stessa lingua, io e te. L'ho capito appena ci siamo visti. Da dove vieni esattamente?

– Le Torri.

– Sai come se dice dalle parti mie? Si vedi uno delle Torri o je spari o corri... ah ah ah!

– Perché, te de dove sei?

– Io so' de Casale Alto, nun so si me spiego.

Si spiegava benissimo. Era noto che a Casale Alto s'erano insediate le prime famiglie calabresi. Quelle che un pezzo alla volta si stavano comperando Roma.

– Però tu non mi sembri un calabrese.

– E quando mai! Però ce lavoro... Allora affare fatto, Sharo?

– Affare fatto... ma non m'hai detto come ti chiami.

– Nicola Ruggero, per gli amici Nico... oh, detto per inciso, Sharo, ma tu...

– Io che?

– Tu...

E qui Ruggero fece un gesto con la mano, un gesto di complicità, un gesto equivoco, ma, per Sharo, incomprensibile.

– Nun te capisco, scusami.

– Vabbè, sarò piú esplicito. Voglio dire: al principe piacciono solo i maschietti, ma a me, ogni tanto, 'na bella gnocca mica me fa schifo... ho reso l'idea?

– Non sono interessata, – rispose lei, gelida.

– Guarda che io so' molto generoso...

L'aveva presa per una zoccola! Hai capito er sor Nico! Magari c'aveva ragione sua madre: agli uomini faceva questa impressione... Il primo impulso fu di prenderlo a calci. Sarebbe stato il secondo stronzo a finire ko nel giro di pochi giorni. Ma si dominò. Le venne in mente l'aria imperturbabile del principe, quella sua capacità di farsi capire con un solo sguardo. Scoccò al viscidone un'occhiata colma di ribrezzo e se ne andò senza degnarlo di una risposta. Però, forse aveva sbagliato: un truzzo come quello era in grado di apprezzare la sfumatura?

XIII.

Nella rete, Nico Ruggero figurava come imprenditore nel settore immobiliare. Comprava immobili, ristrutturava, rivendeva. Uno in apparenza pulito. In apparenza, appunto: vai a sapere, poi, che c'aveva sotto ar tappeto... Comunque, grazie al nuovo aggancio, Sharo cominciò a far girare anche la coca e la Mafalda dell'Aquilotto. I cristalli erano inseriti in confezioni di sali del Madagascar o di vattelappesca, condimento gourmet con etichette che rimandavano ai grandi chef della televisione. L'Aquilotto era rozzo, ma non privo di inventiva.

A metà gennaio, Sharo comperò una nuova lavatrice dagli zingari. In quel grande deposito di roba ricettata che era il campo «spontaneo» aveva anche visto una carrozzina a motore, e le avevano assicurato che era perfettamente funzionante.

– Te ne posso prende' una, – propose alla madre.

– E chi la guida? – obbiettò lei, sospettosa.

– Tu, a ma'.

– Non so' bona.

– T'insegno.

– E ammesso pure... 'ndo vado?

– Dove ti pare, mamma. Potresti essere autonoma, fare la spesa. La puoi parcheggiare al parco e poi là vicino stesso fai quattro passi...

– So' paralitica.

– Non dire fesserie. I medici hanno detto...
– Che ne sanno i medici.
– Con la fisioterapia potremmo...
– So' 'na vecchia paralitica.
– Hai cinquantasei anni, mamma.
– E che dovrei fa', eh? C'arriverai pure te...

Sua madre non voleva capire. Non c'era verso. Ma non
se la sentiva di litigare. Da quando il giro si era allargato a
Nico Ruggero, gli incassi erano aumentati, e mettere insieme il pranzo con la cena non era piú un problema. Avanzava anche un bel po' di tempo libero, fra una consegna e
l'altra. Semmai, il problema era un certo senso di noia che
cominciava a presentarsi con allarmante frequenza. Dopo
la rottura con Fabio non c'erano state piú uscite roman-
tiche, serate in gaia compagnia, e sesso poi non ne parlia-
mo. Provava ancora dell'affetto per il Pennellone, forse,
sotto sotto, una parte di lei avrebbe desiderato ricominciare. Ma non riusciva a decidersi.

La vita sociale ne aveva risentito. Era praticamente az-
zerata. E non solo per via del virus. Le amiche, per dire,
non aveva proprio voglia di vederle. A volte si ritrovava a
consultare offerte di lavoro, lavoro regolare, per cosí dire,
lavoro da affiancare alle consegne, ma non trovava niente
di interessante. O forse non sapeva nemmeno lei che cosa
cercare. Ma piú spesso se ne andava in giro in moto. Come quel pomeriggio.

La sua meta preferita era il centro. Lo esplorava palmo
a palmo, quartiere dopo quartiere, con una meticolosità
scientifica: del resto, a lei i numeri erano sempre piaciu-
ti. Studiava il comportamento di quelli che ci vivevano e
di quelli, come lei, che ci capitavano. Le differenze erano palesi, e piú affinava lo sguardo, piú era in grado di co-
glierle. Certe scarpe e giubbotti denunciavano immedia-

tamente la provenienza, cosí come il taglio dei capelli, la risata, l'andatura stessa. Quasi inconsapevolmente, si sforzava di ispirarsi a quelli del centro. Riusciva a immaginarsi con certe acconciature che se l'avessero vista in giro alle Torri le avrebbero strappato i capelli a ciocche. Le era venuta persino voglia di provarsi una gonna. E magari un giorno l'avrebbe indossata davvero... Forse erano solo fantasie, ma... una casa al centro... con una terrazza, come dal principe...

La domanda di fondo, a cui non avrebbe saputo dare risposta, era se ci teneva proprio a diventare una di loro. O anche soltanto una *come* loro. Si ripromise di parlarne con il principe. Lui l'aveva definita un «diamante grezzo». Aveva cercato l'espressione su Internet. Un diamante grezzo è quello che cavano dalla roccia prima del taglio e di tutte le altre attività che poi consentono alla pietra di finire nella cassaforte del gioielliere. Ma voleva anche dire: una pietra preziosa che a un certo stadio è rozza, ma se trova l'abile orafo che la sa lavorare, diventerà un meraviglioso pezzo unico. La voce che aveva consultato rimandava alla vicenda di un certo Pigmalione. Prima o poi, avrebbe controllato.

Si fermò per uno shottino in una specie di vineria di lusso che vendeva anche libri. C'era un ragazzo che la fissava con intensità. Aria da zecca, ma belloccio. Per un momento coltivò l'idea di farci sesso. Come poteva essere con uno di quelli, uno del centro? E se invece ne avesse approfittato per entrargli in casa e spaccargli la testa? Ma non aveva nessun senso! È che da quando si era conosciuta col principe tante cose avevano perso di senso, e tante altre ne stavano acquistando uno diverso. Rincasò senza aver fatto nessun acquisto. Sotto casa l'aspettava Er Motaro.

– Lui te vole vede'.

– Sta diventando un vizio.

– Sta incazzato.

– E vor di' che gli tocca la doppia fatica.

– Dài, Sharo, 'o sai come funziona, no? Annamo, su...

L'Aquilotto contava il magro incasso della giornata borbottando contro leggi, governo, politica. Aveva l'aria truce, e appena la vide le puntò addosso un indice accusatore.

– Stai a marca' male, pische'!

Lei ricambiò l'occhiata malevola e non rispose. Una volta se la sarebbe fatta sotto davanti a un tipo cosí. Adesso era solo curiosa di vedere come andava a finire.

– Nun dici gnente, eh?

– E che devo di'? Stai a fa' tutto te...

– Senti, a cosa, questo è territorio mio, me pare... sí o no?

Si stava fomentando, chiaro. Anche il Motaro lo percepiva. Sharo intercettò un suo sguardo allarmato. Annuí, cosí che l'Aquilotto potesse proseguire. Ma il perché di quella canzone continuava a sfuggirle. L'Aquilotto si lanciò in una contorta spiegazione, incespicando sulle parole, tradito dalla sua stessa foga. La verità venne fuori a poco a poco. In sostanza, siccome era per merito suo, dell'Aquilotto, che Sharo aveva conosciuto Renzino e quest'altro cliente amico de Renzino del quale non gli aveva voluto rivelare il nome, e siccome questi le davano un extra sulle consegne...

– E a te chi te l'ha detto? – insorse lei.

– Pische', io nun so' nato ieri... ho visto che so' settimane che spendi e spandi e me so' fatto du' conti: il mutuo, 'a lavatrice... con quello che ti passo io non ce l'avresti fatta... ho pensato: me sta a fa' la cresta...

– Ma quando mai!

– È vero, nun è cresta, ma quasi. Nel senso che ho chiamato Renzino e m'ha detto che te stai a fa' bei soldi alle spalle mie...

In sostanza, l'Aquilotto riteneva che gli fosse dovuta una percentuale sull'extra che Sharo ricavava dalle consegne.

– Spicci, però, eh, perché me sento generoso.

– E spicci sarebbe?

– Una piotta a pacco.

Cento euro. Il piccolo pizzo che il piccolo boss rivendica per riaffermare la sua autorità sul territorio.

– Famme capi', – replicò lei, gelida, – io t'ho portato il cliente novo, lui e Renzino pagano per la consegna a te e a me, e a me pagano perché so' io, io t'ho allargato pure alla cotta e alla cruda, io me ne assumo il rischio, tu manco quello e mo' voi pure fa' la cresta!

Era quanto bastava per scatenarlo, uno come l'Aquilotto.

– A roba è mia, le Torri so' mie, tu sei mia, a stronzetta... tu nun conti un cazzo, io te distruggo...

Motaro si mise in mezzo.

– Sharo, meglio che te ne vai, magari parlate un altro momento...

– E se io nun te do piú la roba, – continuava a urlare l'Aquilotto, – che je vendi all'amichetti tua, eh? T'è piaciuta la motocicletta, 'a lavatrice, eh, la rata der mutuo... nun te scorda' che è tutto merito mio...

Il Motaro cercava di trascinarla via. Si era fatto quasi supplichevole.

– Sí, sí, portatela via, che io alle donne nun je metto le mani addosso, vai, vai, a merda!

– Sai che te dico, Aquilo'? Con te ho chiuso. Mannace qualcun altro a vende la roba tua in centro.

– Ce poi giura'!

– Ammesso che te fanno entra' a casa. Non è detto, sai...

– Ma mettete a fa' bocchini, che manco a quello sei buona! E guarda che si te viene in mente de fa' rifornimento de roba da quarcun altro, tipo Jimmy del Ponte... io te faccio spara'. So' stato chiaro?

Finalmente, il Motaro riuscí a trascinarla via. Disse che gli dispiaceva tanto, che l'Aquilotto aveva esagerato, che c'aveva i buffi perché con l'allargamento del caffè era andata bene sinché non c'erano state le chiusure per via del virus, e adesso invece gli affari andavano a rilento, perciò bisognava capirlo. Aggiunse che lui, Motaro, ci avrebbe messo una buona parola per riportare la pace.

– Ma famme capi', – lo interruppe lei, – questo Jimmy del Ponte... sarebbe l'albanese dove lavora Fabietto?

Nel sentir pronunciare il nome dell'ex, Er Motaro provò una specie di fitta al cuore. E cosí, lei ci pensava ancora, al Pennellone maledetto! Poi, dopo una lieve esitazione, confermò.

Hai visto, Fabietto, quel gran paraculo! Tutte 'ste chiacchiere, io cambio vita qua, Sharo mia costruiremo il futuro là... e del resto, dovette ammettere, con una venatura di angoscia, che io so' tanto diversa?

XIV.

Accanto alla sala proiezioni, il principe aveva fatto costruire una specie di tavernetta. C'erano il camino, un divano e poltrone, un biliardo professionale con rastrelliera, stecche e segnapunti, la testa di un cinghiale impagliato e un tavolo di marmo con dieci o dodici sedie.

– Repliche Jugendstil, – precisò il principe.

– Me lo può ripetere? – chiese Sharo, estraendo dalla tasca dei jeans il cellulare.

– Jugendstil, – scandí il principe, – ma a che le serve?

– Registro, cosí poi vado su Wikipedia e capisco che significa, – spiegò lei, candida.

– Insomma, tu studi.

– Studiavo. E andavo pure discretamente.

– Il mio diamante grezzo! – approvò lui, quasi commosso.

– A proposito di diamante grezzo.

– Dimmi.

– Ho letto quella storia di Pigmalione, quella dello scultore che s'innamora della sua statua e si vuole sposare e gli dèi dicono, vabbè, te la famo diventa' viva, accomodati...

– E allora?

– Per dire che trasforma 'na statua in persona, che poi sarebbe un po' come Pinocchio, ma coi Greci antichi... ho imparato a memoria: Pigmalione è chi assume il ruolo di guida di persona rozza e incolta.

– Non è precisamente...

– E già non è un complimento. Ma la cosa che non mi
torna è un'altra: io sarei 'na specie de statua?

– Non «'na specie de statua», mia cara. La statua. Un
capolavoro.

– Io sarei piú che altro Sharo. Anzi. Io sono Sharo.

– Touché, – ammise lui, – ma sei troppo intelligente per
non afferrare il senso, Sharo.

– Uhm, – fece lei, – che devo diventare un po' come
piace a lei... tipo la sorella gemella di Lars...

– Ma rimanere te stessa.

– E come si fa? Mica è semplice!

– Ricordati, Sharo: se la statua non fosse d'accordo, Pigmalione continuerebbe a parlare con un pezzo di marmo.

– Mi sta dicendo che dipende tutto dalla statua, cioè
da me?

– Brava. Pigmalione ha una sola, grande intuizione. Capisce che cosa si agita nel cuore del blocco di marmo. E
cerca di comunicarlo al blocco stesso. Può sbagliare, ma
può anche indovinare.

– E dentro di me, allora, qua dentro, – e si batté sul
petto, decisa, – che ci sarebbe, secondo lei?

– Questo puoi saperlo solo tu, mia cara.

– E no, però non vale!

Il principe rise. Una risata franca, sincera. Non lo vedeva ridere cosí dalla serata alle Torri. Si era come di colpo cancellato vent'anni dalla faccia. Bello lo era ancora,
Sharo l'aveva notato subito, ma da ragazzo doveva essere
stato proprio uno schianto. Sharo capí che il discorso del
principe stava toccando qualcosa di profondo. Intuí che
in quel qualcosa c'erano potenzialità, ma anche un buco
nero nel quale sarebbe stato facile sprofondare, e che la
via d'uscita poteva risultare difficile, se non impossibile.
Si spaventò. Cambiò discorso.

– Intanto, a proposito di quello che le ho detto prima...

– La crisi di mercato?

– Eh. Per un po' ho paura che non potrò portare la «Gina».

– Non è un problema, – la rassicurò il principe.

Si avvicinò alla rastrelliera e tirò verso di sé una delle stecche. Ci fu uno scatto, e la rastrelliera si rivelò essere una specie di sportello dietro il quale c'era una cassaforte. Il principe digitò la combinazione – niente di speciale, Sharo cara, la mia data di nascita – e la cassaforte si aprí. Su invito del principe, Sharo si avvicinò. C'erano almeno sei delle bottiglie di «Gina» che lei aveva consegnato. Piú altri sacchetti con dentro polvere bianca. E fasci di banconote di vario taglio.

– *Réserve royale*, Sharo. Non voglio mai correre il rischio di restare senza... materia prima. Ma proprio per questo... Tu qui sei sempre la benvenuta. Con o senza «Gina».

– Nel senso?

– Hai capito, su. Non devi necessariamente legare ogni tua visita a una consegna.

Ah, be', ecco, qualcosa c'era di non detto... Sharo era lusingata. Ma un po' di inquietudine continuava a provarla. Ancora una volta deviò il discorso.

– Ma tutta quella roba...

– Sí?

– Non c'ha paura di una perquisizione?

Il principe si fece una bella risata.

– Direi che su quel versante non ho proprio nulla da temere.

Era protetto. Ci poteva stare. Uno ricco e influente come lui. Anche se, pure spulciando in rete, non è che si trovassero tutte queste informazioni. A parte che veniva da un'antica famiglia ed era un collezionista d'arte, non c'era molto altro. Per dire: se avessero chiesto a Sharo «ma che lavoro fa 'sto principe?» lei non avrebbe potuto rispondere altro che: il principe. Pochino, decisamente.

Prima di salutarsi, lui le regalò un libro.

– Vorrei che lo leggessi e mi dicessi che ne pensi. Se ti ricorda qualcosa, per esempio.

– Ci proverò.

– Un'ultima cosa.

– Dica.

– Nico Ruggero.

– Io... – Sharo avvertí un minimo di senso di colpa. Aveva taciuto su quelle altre consegne. Forse era stato un errore?

– So che vi... frequentate...

– Non è esattamente cosí...

– Non è questo che importa, – tagliò corto il principe, con un gesto deciso della mano, – vorrei che stessi in guardia... lui e io non siamo proprio della stessa pasta...

– Ma non siete amici?

– Condividere interessi nel settore immobiliare non significa necessariamente essere amici.

– Però alle feste ci andate insieme.

– Neanche questo dettaglio impone necessariamente amicizia. Se dovessi avere qualche problema con lui, a ogni modo, non esitare a dirmelo...

Il principe era passato decisamente al tu. Elargiva buoni consigli. Esortava a leggere libri. Aveva preso in carico la sua educazione. Era proprio come la storia di Pigmalione! Sí, ma ai tempi di Pigmalione mica c'erano la «Gina» e i catinoni, la coca e i siringoni! Perciò, Sharo uscí dal colloquio da un lato sempre piú intrigata da quello strano uomo che voleva plasmarla ma rispettandola, che provava per lei attrazione, sí, ma non sessuale. Dall'altro lato, c'era delusione: perché non le aveva offerto, tipo, un lavoro? Un modo per guadagnare senza spacciare? Quello era un Pigmalione che voleva come statua 'na ragazza de strada?

Nico Ruggero, invece, non fu altrettanto sportivo.

– Niente roba? E cosí m'o dici? E io come faccio che c'ho almeno tre, no, famo quattro situazioni da risolvere?

– E io che ci posso fare?

– Senti, Sharo, colla cruda e la cotta per un po' stamo a posto, co' gli stimolanti arrangiamo co' le pasticche che prendo da un altro amico, ma colla «Gina» stiamo proprio a terra... se mi rimedi diciamo... due litri... io te li pago... anche quindici sacchi, sí, quindici sacchi e ce ne stanno quattro per te... eh? Che dici?

D'accordo. Non c'era mica solo l'Aquilotto, a Roma. Sulla strada non c'era piú il ferreo controllo di una volta, quando quelli della Magliana s'erano presi Roma. Non erano piú i tempi di *Romanzo criminale*. Ora tutti facevano un po' come gli pareva, bastava non pestarsi i piedi. Bastava sapersi muovere un po' in rete e si potevano comprare barili di «Gina» e tirarci su dei bei soldini. E poi magari c'era chi cucinava. E Sharo una mezza idea su come procurarsi la merce ce l'aveva.

– Dico che ce provo, – rispose, infine.

XV.

Sharo si sistemò a un tavolino accanto al fungo. Anche se quel gennaio era particolarmente mite, il venticello del tramonto si faceva sentire. Intorno a lei, volteggiavano fra i tavoli del *Nirvana* camerierine con piercing nelle sopracciglia e ragazzotti con il gel nei capelli. Il traffico sulla piazza del Ponte era come sempre caotico. Se non fosse stato per le mascherine, la si sarebbe detta una giornata come tante. Mentre sorseggiava il suo spritz, Sharo pensò che le ragazze e i ragazzi del Ponte non assomigliavano né a quelli delle Torri né a quelli del centro. Oddio, piú simili a questi ultimi, certo, ma a osservarli da vicino capivi che appartenevano comunque a un'altra tribú. E Roma cosí era fatta: di tribú, come gli indiani. Fabio la raggiunse dopo qualche minuto. I capelli, ormai lunghetti, gli donavano, cosí come la barba curata. Si era ingentilito. E camminava quasi regolare.

– Amo', non stavo nella pelle da vederti!

– Tu, esattamente, che lavoro fai, qua? Non mi pare di averti visto dietro il banco… – domandò lei, anche per raffreddarlo. Fabio era troppo eccitato per affrontare la conversazione che lei aveva in mente.

Il ragazzo spiegò che Jimmy, il suo grande amico Jimmy, l'aveva promosso 'na specie de direttore di sala, e cosí aveva lasciato il banco.

– Pe' farte capi', Sharo… il *Nirvana* sarebbe come 'na nave. La nave ammiraglia della flotta di Jimmy…

– Te sei messo a fa' il marinaio, Fabie'?

– Nooo, è un modo di dire! Jimmy in Italia c'è arrivato co' quella nave, quella giú a Bari, me sa trent'anni fa, quanno scappavano dalle zecche… e da allora è rimasto un po' fissato colle parole del mare… insomma, noi che lavoriamo per lui siamo l'equipaggio…

– Lasciami indovinare, Fabio: lui è il capitano!

– Preciso! – esultò il ragazzo, stringendo i pugni. – E il direttore di sala, che sarei io, è come il nostromo, cioè una specie di comandante in seconda… quindi io accolgo gli ospiti, li dispongo ai tavoli, so chi può essere ammesso al privé e chi no, controllo se per caso si verifica qualche situazione strana…

– E spacci.

Fabio si portò la mano sul cuore.

– Amo', te lo giuro, io…

– Non giurare, Fabio, lo so che l'albanese spigne la roba qua al Ponte. Ci devo parlare.

– Co' Jimmy? – fece lui, incredulo.

Sharo annuí.

– Ma perché?

– Per affari.

– Sharo…

– Pensi di potermi fare questo piccolo favore?

Fabietto sospirò. La mano di Sharo sulla sua evocava ricordi di una felicità ormai svanita lontano nel tempo. Ma c'era pur sempre la speranza che ritornasse. Dipendeva da lui. E lui avrebbe fatto tutto, tutto pur di avere ancora con sé il suo amore.

– Aspettame qua.

Jimmy l'albanese li ricevette nel privé. Chiese a Sharo di prendere posto accanto a lui su un divanetto di velluto rosso, e fece portare una bottiglia di champagne che stappò personalmente. Fabio si era seduto su una poltroncina, a qualche metro da loro. La musica di sottofondo era a un volume accettabile: del resto, non si poteva ballare, non ci si poteva ammucchiare, perché diavolo sprecare decibel?

– Alla salute della ragazza di Fabio. Tu sei la ragazza di Fabio, vero?

Lo ero, semmai, pensò Sharo, mentre urtava i calici coi due uomini. Ma non era il caso di correggere il boss. Anche perché nelle questioni di cuore chi può mai dire... Jimmy – che in realtà si chiamava Tani Gixjan – era un cinquantenne tarchiato, impomatato, grigio. Posava a rispettabile uomo d'affari. Niente nella fisionomia e nell'abbigliamento composto rimandava all'iconografia tradizionale del bandito kossovaro. Si vedeva che ci teneva a mantenere un certo tono. La pronuncia denunciava solo un leggerissimo accento esotico. Magari era grazie alle sue capacità mimetiche che era diventato un capo senza percorrere tutte le tappe del cursus honorum malavitoso: aveva rubato, depredato, tradito e ucciso, e questo faceva parte delle regole, ma non s'era mai fatto nemmeno un giorno di galera. E questo era anomalo. E voleva dire, fatto risaputo fra chi a Roma frequentava la strada, che era sempre riuscito a trovare qualcuno che ci finisse al posto suo.

– Allora, cosa posso fare per te? Cerchi lavoro? Il tuo ragazzo mi ha detto che sei brava a tenere i conti...

Sharo sorrise, si schiarí la voce e con poche parole, molto precise, descrisse la situazione e formulò la sua proposta. Fabio, nell'ascoltarla, si era rattrappito su sé stesso. Si sentiva come il protagonista di un film di fantascienza che, qualche mese prima, aveva visto, a flash, sul cellulare. C'è un astronauta che torna dallo spazio dopo un lungo viaggio e scopre che per lui so' passati, metti, cinque anni, e per tutti gli altri cinquanta. E insomma, lui è restato giovane e gli altri sono o morti o all'ospizio. Ecco, cosí si sentiva. Come uno che ha sbagliato proprio mondo. Sharo, intanto, aveva concluso la sua brillante esposizione. Jimmy la guardava, gli occhi semichiusi, soppesando i pro e i contro.

– Chi sono questi tuoi clienti?

– Se si fidano di me è perché so tenere la bocca chiusa, Jimmy. Non te lo dirò. È gente del centro.

– Capisco, – l'albanese sembrò approvare. Ma c'era ancora qualcosa che non lo convinceva.

– Perché io e perché adesso?

– Tu, perché si sa che sei il numero uno. Adesso, perché c'ho avuto una discussione coll'Aquilotto.

Jimmy, che aveva apprezzato la lisciatina del numero uno, s'irrigidí nel sentir nominare l'uomo delle Torri.

– L'Aquilotto e io giochiamo in due campionati diversi, mia cara. Con gente come lui io non mi sporco le mani.

– Apposta sto qua.

Jimmy chiuse gli occhi. Un paio di respiri profondi e li riaprí. L'apparente annoiato distacco di prima sostituito da una luce furba, maligna.

– Quello della «Gina» è un mercato piccolo, anche se in espansione. Si deve ancora creare una domanda stabile. Perché dovrei prendermi questo fastidio?

– Ai miei clienti interessano anche la Mafalda, la cotta e la cruda.

– Mo' cominciamo a ragionare. Però dimmi: mi hai parlato di due clienti. Pochini, non ti pare?

L'albanese aveva centrato il vero punto nodale. Sharo, prima di decidersi ad affrontarlo, aveva studiato la questione, e s'era preparata come si deve.

– Perché stiamo parlando del centro di Roma, di gente che c'ha il potere. Insospettabili. Per ora sono due, ma ti giuro che in quelle case passa tutta la città che conta. Di me si fidano, te l'ho detto. Magari oggi cominciamo con qualche flacone e un po' di polvere, poi domani...

L'albanese le fece cenno di tacere, versò ancora champagne e si rivolse a Fabio.

– Tu che dici?

– Io... io mi fido di lei.

– E infatti ti credevi che era una brava ragazza. Basta cosí. Devo pensare.

E li congedò con un gesto secco.

Fabio aveva assistito alla punizione inferta da Jimmy a un ragazzo che aveva sbagliato. Non ricordava nemmeno quale fosse stato l'errore, ma quello adesso andava in giro monco. Jimmy sapeva essere feroce. Comunicò la sua paura a Sharo quando si ritrovarono sul Ponte, dove ancora arrugginivano un po' di quei lucchetti che andavano di moda all'inizio del millennio. Lui fumava nervosamente. Sharo si ritrovò a rincuorarlo. E che poteva succedere? Al massimo, le diceva di no. Avrebbe cercato da qualche altra parte. Fabio si mordeva il labbro. Ma che era diventata, la sua Sharo? Non riusciva a farsene una ragione. E, sí, aveva detto bene Jimmy, l'aveva preso per i fondelli. Tutta a fa' la santarellina, l'aveva accannato perché portava le bottiglie per l'Aquilotto, e lei, sotto sotto...

– È cominciato dopo, Fabie', proprio quella sera.

La voce di Sharo si era fatta dolce. Sí, l'aveva ingannato. Si erano ingannati a vicenda. Una parte di lei aveva voglia di consolarlo, un'altra parte di maledirlo. Sono quelle cose a catena, no, se non si verifica la prima, tutte le altre non seguono. Se quella sera non avesse insistito per accompagnarlo. Se non ci fosse stato l'incidente. Se non fosse andata dal principe. Fu tentata di scendere nei dettagli, ma all'ultimo si trattenne. Non era giusto tirare in ballo il principe. Era un rapporto fra loro due, che c'entrava Fabio? Ma Fabio voleva sapere che cosa le aveva fatto cambiare idea. I soldi? Era questione di soldi? Sí, pure, ma non solo. Come faceva a dirgli che la sua nuova vita le offriva momenti piú stimolanti? Che cominciava a prenderci gusto? Che questo andare avanti e indietro dalle Torri al centro la divertiva, anzi, la eccitava?

– Tanto, – mentí, a mo' di sintesi, – quello è il destino nostro, Fabie'.

– E allora tanto vale che se rimettemo insieme, no?

Dargli speranza, o tenerlo a distanza? Questo non l'aveva ancora deciso. Sharo gli permise di baciarla, ma si sottrasse a qualcosa di piú impegnativo. Fabio ricevette un sms. Era di Jimmy. Lo richiamava al lavoro. Fabio prese le mani di Sharo.

– Per qualunque cosa, chiamame, eh, io…

E che voleva dire, mo'? Io ti proteggerò? Da Jimmy? Povero Pennellone!

Due giorni dopo strinsero un accordo. Jimmy avrebbe fornito flaconi da 1 litro che Sharo avrebbe ceduto ai suoi clienti. Ogni flacone sarebbe costato all'acquirente cinque sacchi, prezzo di mercato. Sharo avrebbe incassato una provvigione di trecentocinquanta euro su ogni pezzo. Un po' meglio dell'Aquilotto, ma non ancora abbastanza. Se però si consideravano gli extra che avrebbe continuato a prendere dal principe e da Nico Ruggero... per un istante, un breve istante, si chiese se non fosse piú corretto parlarne con Jimmy. Ma fu, appunto, un istante, e passò veloce. Erano fatti suoi, l'albanese non c'entrava. Assicurò, invece, che avrebbe fatto di tutto per allargare il giro a nuovi acquirenti. Quanto a Mafalda, e alla cotta e alla cruda, sarebbero state consegnate volta per volta, a richiesta, e a prezzo di favore, almeno un terzo meno di quello che praticava l'Aquilotto. Jimmy aveva tutto l'interesse a estendere il suo portfolio. Soprattutto con gente perbene, quella che Sharo conosceva. Che era, poi, la ragione, sottolineò l'albanese, che l'aveva indotto ad accettare.

– Oltre, – aggiunse, dopo aver stappato bollicine a suggello dell'accordo, – alle informazioni che ho preso alle Torri e che dicono che sei veramente una fidata.

– Ci puoi giurare.

Brindarono. Ma prima di lasciarla andare, Jimmy volle farle un discorsetto.

– Hai visto che oggi non c'è Fabio?

– Gli è successo qualcosa?

– Sta benissimo. Ma non serviva. È un bravo figlio, e con me si è sempre comportato bene. Ma tu... tu sei una ragazza intelligente. Si vede da come lo hai ingannato. E poi hai le palle. Oh, lo so, scusa, mia figlia mi rimprovera sempre quando uso questo modo di dire... secondo lei è sessista... sono cose che le mettono in testa in quella scuola privata che frequenta. L'anno prossimo prenderà la maturità e se Dio vuole andrà a studiare in America... ma che stavo dicendo?

– Mi stavi facendo un complimento.

– Sí, sei venuta qui, a casa mia, e mi hai fatto una proposta interessante, e io ho deciso di accettarla. Però impa-

ra: a volte funziona dire le bugie, altre volte l'unica strada è la verità. Farai fortuna, se saprai stare alle regole. In
caso contrario...

E qui Jimmy si passò la mano sulla gola, in un gesto che
non poteva essere frainteso, e finalmente la mandò via.

XVI.

Alla fine, con Fabio ci aveva fatto l'amore. Era successo una sera dopo una consegna da Nico. Era stato piacevole. No, per la verità, dovette riconoscere Sharo, proprio bello. Una liberazione. Anche se Fabio era stato, come gli capitava spesso, un po' frettoloso. Sharo si ripromise di insegnargli qualche trucchetto. Ne aveva letto in un grosso libro illustrato, nella biblioteca del principe. Era stata attirata dalle figure, roba indiana, facce strane, uomini e donne insieme, e anche qualche dio o mostro, che poi non erano molto dissimili. Ma le posizioni… sí, doveva accennarlo a Fabio, che aveva tanto da imparare, sotto quell'aspetto.

Il fatto è che lui cominciava a progettare il futuro insieme. Come ai vecchi tempi. A un certo punto non ne aveva potuto piú di tutto 'sto «amo'», «sei la mia rondine al tramonto» e su un micidiale «cerbiattina» era partito un cachinno sgradevole e Fabio c'era rimasto cosí male che lei aveva dovuto quasi scusarsi. Si vedeva che era ancora cotto e sempre lo sarebbe stato. Lo stava ingannando, forse? Pensò che Renzino magari un po' di ragione l'aveva. Stava facendo Lamia con Fabietto, la fidanzatina, e poi al momento opportuno si sarebbe scoperta serpe. E il momento opportuno sarebbe arrivato, di questo era sicura.

Aveva letto qualche verso di quel poeta, Keats. Un vero innamorato cronico, come se non ci fosse altro al mondo. Non è che avesse capito tutto, però anche 'sta Lamia, alla

fine, voleva diventare donna per amare. Era lei che stava
diventando cosí fredda che giudicava tutto come attraverso
un velo? Povero Keats, però, era morto a ventisei anni. A
Roma per giunta. E si vede che Roma a quelli troppo sen-
sibili porta male: e questo, Sharo l'aveva sempre pensato.

Il fatto è che aveva ripreso a guardarsi intorno. C'era
ancora posto per Fabio? Forse, ma senza certezza. E poi,
cominciavano a girare i vaccini. Le amiche ne avevano un
sacro terrore, e anche Fabio diffidava. Dice che ci mettevano cose per controllarli, per limitare la loro libertà, e
roba cosí. Stronzate, che Sharo detestava. A metterle in
giro erano, fra gli altri, certi deficienti con le svastiche ta-
tuate sul collo che avevano occupato un garage alle Torri e l'avevano chiamato La Fortezza. De che, poi, vallo a
capi'... tanto deficienti che persino il Motaro li guardava
con commiserazione. Sharo non vedeva l'ora che 'sto vaccino arrivasse. Soprattutto per sua madre.

Serenella si era lasciata convincere, ed era arrivata la
carrozzina elettrica. Sharo se l'era portata via dal campo
nomadi dopo un'estenuante contrattazione con uno zingaro. Mentre discutevano sui centesimi, si era avvicinata
una donna avvolta in scialli variopinti, le pezze di quella
gente, insomma, l'aveva squadrata in lungo e in largo, e
aveva pronunciato una frase in una lingua astrusa. Il tono
non era stato affatto ostile. Sembrava, anzi, rispettoso.
Incuriosita, Sharo aveva chiesto spiegazioni. Lo zingaro
aveva sorriso.

«Chiede se tu hai lavoro».

«Che, mo' voi zingari lavorate?»

«Lei non è zingara. Lei è bosniaca».

«E che ci fa qua?»

«Dorme, mangia, finché ha soldi per pagare noi la te-
niamo in roulotte».

«Tu la capisci?»

«Un po'».

«Chiedile che sa fare».

«Lavare, stirare, cucina anche, tiene casa in ordine, tutto so fare», s'inserí la donna.

«Come ti chiami?»

«Irina».

Sharo la ingaggiò per tre volte a settimana. Serenella al principio la prese male: ma che ci faceva questa estranea per casa? Mezza zingara, poi. Sicuro che prima o poi avrebbe rubato qualcosa. In compenso, s'era innamorata della carrozzina, e questa Irina era brava ad ascoltare, quando uscivano insieme. Per la prima volta, dopo anni, dalla sua bocca era partito un «grazie» rivolto alla figlia. A momenti Sharo sveniva. Per la sorpresa, ma anche per la contentezza.

Serenella aveva tirato fuori un vecchio album di fotografie. Si erano messe a guardarle insieme, con una tenerezza che non condividevano da tempo immemorabile. Sharo rivide i suoi genitori innamorati, sé stessa bambina. Sua madre era stata una bella donna. E anche suo padre non era da buttar via. Poi il destino aveva gettato una nube nera su di loro. Ora lei, piano piano, la stava sospingendo lontano. Con l'aiuto della «Gina»? E vabbè, vuol dire che stava scritto.

Quanto poteva accumulare, continuando cosí? Abbastanza da estinguere il mutuo? Questo sogno di andarsene dalle Torri era destinato a restare un sogno? Perché non pensare di allargare il giro? Lasciò cadere cautamente una frase qua e una là con Nico Ruggero (col principe non osava prendersi tanta confidenza) e quello disse che ci avrebbe pensato.

Poi, una sera molto fredda di febbraio, tutto rischiò di precipitare.

Jimmy aveva deciso di ristrutturare il *Nirvana*. Quindici giorni di chiusura. Era un pretesto per guadagnare un altro pezzo di marciapiede da adibire a dehors. Gli aiuti di Stato alla ristorazione erano una manna dal cielo. Progettava di aprire un secondo locale, piú in centro. Sharo doveva buttare un'occhiata agli annunci immobiliari. Ormai era diventata il nostro agente nella Roma bene. Ma intanto i flaconi di «Gina», le tavolette di cioccolato e le saliere di coca non le venivano piú consegnate dai ragazzi dell'albanese al Ponte, ma nel piazzale di uno sfasciacarrozze abbandonato oltre la circonvallazione orientale. Un posto tetro e buio che metteva paura, ma tant'è, non sarebbe durata in eterno.

Quella sera ci trovò il cugino di Jimmy, un biondino che chiamavano Solandata perché si raccontava che la prima volta che lo avevano portato a donne, ancora quindicenne, avesse esclamato «anvedi» davanti a una mignotta nuda. Salvo poi darsi a ignominiosa fuga: solandata, senza ritorno. Solandata consegnò due bottiglie di vino francese – il trucco dell'Aquilotto era piaciuto assai, e si era deciso di mantenerlo in vita – risalí sul Suv e prese la via della circonvallazione. Sharo sistemò le bottiglie nello zainetto, mise in moto lo scooter, e si ritrovò circondata da tre tizi in tuta nera. Due di loro avevano pistole. Il terzo era il Motaro.

– Me dispiace, Sharo. Ma stavolta l'Aquilotto s'è incazzato proprio.

Sharo cercò di conservare il sangue freddo. Ma era difficile, con due pistole spianate. Per dirla tutta, era la prima volta che si imbatteva in un'arma.

– E allora?

– Non dovevi prendere la roba da Jimmy. C'è rimasto molto male.

– Me voi spara'?

Motaro si avvicinò, con fare confidenziale. Sembrava sinceramente affranto.

– Lui dice che te devo spezza' come minimo 'na gamba.

– E tu? – chiese lei, la voce che si era fatta sottile. Adesso aveva paura. Paura vera.

– Lo sai che me piaci, Sharo, e poi io c'ho un codice. Le donne nun se toccano... però qualche cosa te la devo fa'... per dargli soddisfazione, lo sai com'è l'Aquilotto... e anche per i ragazzi, qua...

I due armati annuirono, allargando le braccia. Sembravano pure loro scontenti della missione che gli era stata affidata.

– Ma lo fate perché c'avete paura, eh? Paura dell'Aquilotto.

– Io non c'ho paura de nessuno, a Sharo! – s'inorgoglí il Motaro.

– Se è cosí, digli di no e basta!

– Sharo...

Motaro la fissava, come se si aspettasse da lei il via libera. Sharo fece cenno di sí. Motaro si fece consegnare lo zainetto e le fece segno di scendere dalla moto. Lei eseguí. I ragazzi si avvicinarono e cominciarono a fare a pezzi lo scooter.

– Motaro! No!

Lui sospirò.

– È il minimo, Sharo, il minimo, credime...

Ultimato il massacro, si ritirarono. Motaro azzardò persino un timido saluto. Per fortuna le avevano lasciato il cellulare, cosí chiamò Fabio e lui si precipitò a recuperarla.

XVII

Dopo l'agguato, Jimmy mandò un paio di ragazzi dall'Aquilotto. Lo scopo era di aprire una trattativa. L'Aquilotto aveva sbagliato, impossessandosi della «Gina» dell'albanese. Ma lui era disposto a passarci sopra in cambio di un adeguato risarcimento e dell'assicurazione che in futuro non ci sarebbero stati ulteriori incidenti. L'Aquilotto non voleva intendere ragioni. La decisione di Sharo, una delle Torri, di rifornirsi da Jimmy, il boss del Ponte, aveva gravemente sminuito il suo prestigio, ed era stato costretto a correre ai ripari. Personalmente, non aveva niente contro Jimmy, che anzi rispettava. E come prova di buona volontà era disposto a lasciar correre l'offesa che lui, Jimmy, gli aveva arrecato, rifornendo di «Gina» la ragazza senza la sua autorizzazione. Quanto alla roba prelevata, era il suo risarcimento.

Una risposta cosí proterva non poteva lasciare indifferente l'albanese. A questo punto entrava in gioco il suo, di prestigio. Ci sarebbe stata offesa se lo spaccio fosse avvenuto nel territorio dell'Aquilotto, ma non era andata cosí. E nessuna legge, e tanto meno nessun accordo, impediva all'albanese di rifornire i clienti di Sharo. Perché una cosa era chiara: quelli erano clienti di Sharo, e non dell'Aquilotto. Una simile arroganza, aggiunse Jimmy, non sarebbe stata concepibile in Albania, dove gli uomini hanno le palle e una sola parola, e persino in Italia, appena qualche anno prima, prima che la strada impazzisse e tutti si mettessero in testa di essere diventati, dalla sera alla mattina, lo Scarface di noantri.

In quei giorni, Sharo si era trasferita prudenzialmente da Fabio, nelle due stanze che l'albanese gli aveva affittato in una traversa del Ponte. Aveva raddoppiato la paga a Irina, che restava a dormire con Serenella. Al contrario di quanto si poteva prevedere, la madre non aveva alzato le barricate. Si era affezionata alla bosniaca. In sua compagnia aveva persino ricominciato a muovere qualche passo a piedi. E non dava più della zoccola alla sua unica figlia.

Si tennero riunioni per decidere una linea di condotta. Sharo e Fabio vi erano ammessi in quanto parti interessate. Lei pietra dello scandalo, lui perché l'aveva presentata a Jimmy. Sharo restava in silenzio, ascoltava i resoconti e gli sfoghi, s'impratichiva dei riti della malavita. Qualcosa l'aveva già subodorata: se vivi alle Torri, studiare la legge della strada è il minimo sindacale. Ma più apprendeva, e più si convinceva che non esisteva nessuna vera legge, se non quella, elementare, della foresta: o sei cacciatore, o sei preda. O lupo, o agnello. Tutto il resto erano favole che quelli come Jimmy e l'Aquilotto si raccontavano addosso. Nessuno ci credeva, loro per primi, però tutti dovevano fingere di stare al gioco. Del resto era un gioco che l'aveva affascinata. Era questo, il segreto che si portava dentro la statua di Pigmalione? Questo gusto del rischio? Comunque, bruciava dalla voglia, Sharo. Aspettava solo l'occasione.

Nel gruppo c'era tensione. Non erano d'accordo sulla strategia. C'era chi insisteva per dare subito una lezione all'infame, e chi tentennava. Jimmy per primo sapeva di dover fare qualcosa – proprio la stessa espressione che aveva usato il Motaro – eppure esitava. Sharo capí, da certi accenni, che non riusciva a decidersi fra un'azione drastica e una blanda. Nel secondo caso, temeva di perdere prestigio. Nel primo, lo scoppio di una guerra. Proclamava a gran voce di essere molto piú forte e potente dell'Aquilotto, ma in fondo un po' lo temeva. Stallo su tutta la linea, in altre parole.

Una sera, durante il coprifuoco, nel privé del *Nirvana*, Jimmy ammise davanti ai fedelissimi che non era facile uscire da quella situazione.

– Le Torri sono come un fortino, e l'Aquilotto ha molti pischelli, forse troppi...

Sharo capí che l'occasione era arrivata. E decise di giocare il tutto per tutto.

Lei e il Motaro s'incontrarono al campo nomadi. Un vecchio zingaro dai baffi ingialliti dal fumo mise a disposizione il patio della sua casa mobile, al modico prezzo di una piotta. Per Sharo aveva garantito il tipo che le aveva venduto lavatrice e carrozzina. Motaro era tollerato perché aveva evitato una strage, quella volta che i nazisti delle Torri volevano bruciare tutto. Si parlarono a viso aperto. Lei era come se gli avesse letto nell'anima. Il Motaro non ne poteva piú dell'Aquilotto, buono solo a riempirsi la pancia col sangue degli altri, 'sto vampiro. E non era il solo. Il malcontento era grande, all'ombra delle Torri. In molti erano pronti a buttarlo a mare, a traslocare armi e bagagli dall'altra parte della barricata.

– E se ti procuro un incontro co' Jimmy?

– Magari.

– Fammi provare.

Nel salutarsi, le mani di lui avevano indugiato troppo sui fianchi di lei. E lei aveva lasciato fare, fingendo di non accorgersene. Il Motaro voleva farsela. Sharo non aveva chiuso del tutto la porta, ma mica se lo voleva davvero por-

tare a letto! Un po' di profumo, però, danno non faceva.
Aveva bisogno del Motaro come lui aveva bisogno di lei.
Si trattava di affari. Fabio se ne sarebbe fatta una ragione.
In fondo, non si erano giurati eterna fedeltà.

Sharo chiese a Jimmy un colloquio riservato. Senza
nessuno fra i piedi. L'albanese lo accordò senza difficol-
tà. Quella ragazza aveva delle risorse, indubbiamente.
Era pericolosa, questo lo aveva intuito subito, pericolosa
e magari doppiogiochista, ma che ci rimetteva a dedicarle
un po' di tempo?

– Tu dici che l'Aquilotto c'ha tanti ragazzi.

– E non è vero?

– Sí, ma mica sta scritto che fanno tutto quello che lui dice.

Gli ricordò che il Motaro aveva avuto l'incarico di rom-
perle una gamba, e invece l'aveva lasciata andare.

– Fabio direbbe che è perché te se voleva scopa', – ironizzò l'albanese.

– Vero, – Sharo teneva botta, decisa e, in apparenza,
sicura di sé, – però gli altri due che stavano con lui mica
li avevo mai visti. Eppure, manco loro hanno mosso un
dito contro di me.

– Non volevano mettersi contro Motaro.

– Ma cosí si mettevano contro l'Aquilotto.

– Vero anche questo.

– Jimmy, a me me pare che tutto l'ambaradan non è che
gli andava tanto di farlo…

Insomma, obbedivano a ordini che non condividevano-
no. Il che è male, dal punto di vista del capo. E ripetutamente Motaro se n'era uscito con la litania del «tu sai
com'è fatto l'Aquilotto», che voleva dire «dipendesse da
me non mi comporterei certo in questo modo». C'era di-
scordia nel campo nemico, e sarebbe stato un peccato non
approfittarne.

– Sei sicura?

– Sicurissima. Mica gliel'ha detto, all'Aquilotto, che è stato lui a lasciarmi andare. Gli ha detto che so' scappata e mi sono trasferita lontano dalle Torri.

Jimmy fece segno di tacere. Muoveva avanti e indietro le labbra, come gli accadeva quando si concentrava prima di prendere una decisione importante.

– Ma tu, – riprese all'improvviso, – come fai a sapere tutte 'ste cose?

– Ci siamo parlati. Col Motaro.

– Hai capito!

– Perché non ci parli direttamente tu, Jimmy?

Sharo estrasse dal giubbetto il cellulare e lo agitò davanti all'albanese.

– Sta qua fuori.

– Tu sei tutta matta, – sorrise Jimmy, suo malgrado ammirato, – dammi qua 'sto telefono.

Sharo respirò. Le cose si mettevano per il verso giusto.

XVIII.

La notte di martedí grasso, in nove irruppero nel *Gran Caffè* dell'Aquilotto. In teoria ci doveva essere il coprifuoco, in realtà dentro si svolgeva un party in piena regola: l'Aquilotto aveva sapientemente unto le guardie amiche e tutti se ne stavano in grazia di Dio. I nove entrarono, agitarono le mazze da baseball, spaccarono qualche bottiglia, rovesciarono i tavolini, fecero capire alle poche teste calde che avevano abbozzato una reazione che non era il caso, e in pochi minuti il locale si svuotò.

Restarono sul posto l'Aquilotto, il Motaro e i tre buttafuori di turno quella sera. I quali, invece di difendere il capo, lo circondarono e lo sbatterono su una poltroncina, incuranti degli ordini che continuava invano a sbraitare. Solo in quel momento fecero il loro ingresso Jimmy, Fabio e Sharo. L'Aquilotto lanciò una sequenza di bestemmie e insulti. Ce l'aveva in particolare col Motaro, quell'infame. L'albanese lo lasciò sfogare, poi fece un cenno a Fabio, che gli piazzò sotto il naso il cellulare e lasciò partire un video. L'Aquilotto sbirciò, e si fece tutto rosso nel vedere la moglie Barbarella e i suoi tre figli, le ragazzine e il maschietto, nel tinello di casa. C'erano due ragazzi dell'albanese che li controllavano. Armati. L'Aquilotto ricominciò a bestemmiare e minacciare, contorcendosi tutto sulla sedia. Anche questa volta l'albanese attese che si calmasse, poi gli si andò a sedere davanti. Ostentava un sorriso gentile. L'Aquilotto gli sputò addosso.

– Te la prendi colle bambine!

Jimmy bloccò con un cenno Fabio, che stava per intervenire. Si ripulí dalla piccola bava che l'aveva colpito e scosse la testa, contrito.

– Io ti ho chiesto gentilmente di parlare e tu mi hai offeso.

– Aspetta che esco de qua e te sfonno.

– Se uscirai di qua, Aquilotto.

– Io so' pieno d'amici, albanese. Le Torri so' casa mia.

– Tu? – rise l'altro, di rimando. – Tu sei rimasto solo. Tutti ti hanno abbandonato. E sai perché? Motaro, spiegaglielo tu il perché...

– Io non ci parlo cogli infami! – insorse l'Aquilotto.

– Infame è chi ruba all'amici, – puntualizzò Motaro, pacatamente, – chi se frega la stecca dei compagni... infame e gargarozzone.

– Sentito? – Jimmy allargò le braccia. – Ma io ho molta pazienza, e quindi ti dico che se sarai ragionevole nessuno si farà male.

L'Aquilotto si gonfiò tutto, sembrava un pallone pronto a esplodere. E poi, con un profondo sospiro, fece cenno di sí. D'altronde, data la situazione, non aveva scelta.

– T'ascolto, – concesse.

– Da oggi lo spaccio passa a Motaro. Fabio e Sharo gli dànno una mano. I tuoi ragazzi, se gli va, conservano il lavoro. Il bar me lo prendo a titolo di risarcimento. E tu ti levi dalle palle.

– E questo sarebbe un accordo?

– E che c'è che non va, Aquilo'? Guarda che mi sento generoso, non farmi pentire. Puoi anche continuare a vendere la tua roba. Ma lontano da qua. Allora, che dici, Aquilo'?

L'Aquilotto balzò in piedi, i pugni stretti.

– Dico vattene affanculo, albanese di merda!

Jimmy annuí.

– Fabio, per favore, chiama Paolino. Digli di tagliare l'orecchio destro alla ragazzina… quella piccola…

L'Aquilotto lanciò un urlo. D'istinto, Sharo afferrò il braccio di Fabio. Una mossa cosí crudele non l'aveva messa in conto. Aveva ancora tanto da imparare. L'idea di toccare la bambina le sconvolgeva lo stomaco. Sentiva che si stava per varcare un limite che non era disposta a oltrepassare. Perché devono esistere dei limiti. E che diavolo, doveva esserci un altro modo per indurre a piú miti consigli l'Aquilotto. E anche Fabio era impallidito. Certe cose non si fanno alla leggera.

Per istanti che a Sharo sembrarono interminabili restarono tutti immobili, come nello screenshot d'un cellulare: Jimmy, imperturbabile, a fissare l'Aquilotto; l'Aquilotto, angosciato, con la bocca spalancata, Sharo, sull'orlo della lacrima, col braccio su quello di Fabio, e Fabio, con la faccia bianco spettro, l'indice contratto sulla tastiera dell'iPhone. Sharo fece un passo avanti.

– Jimmy…

– Non t'impicciare, per cortesia.

– Forse non c'è bisogno di arrivare a tanto.

– E che sarebbe 'sto tanto?

– Tagliare un orecchio a una bambina…

– Be', forse hai ragione. Fabie', facciamo cosí: la bambina lasciamola stare. Di' a Paolino di spezzare una gamba al maschietto, quello che vuole fare il calciatore…

– Ma Jimmy, stammi a sentire…

– T'ho detto non t'impicciare.

– Una parola soltanto, che ti costa?

– Vabbè, ti ascolto.

– Lasciagli 'sto posto. Il *Gran Caffè*.

– E perché dovrei?

– Perché c'è ancora qualcuno che gli va dietro. E potrebbe succedere un casino.

– Potrei mettergli una palla in testa e tutto finito, no?

– Tu dici sempre che i morti portano rogna.

Hai capito Sharo! Fabio e il Motaro non credevano ai loro occhi. Ne aveva di fegato, la pischella! E Jimmy, pure, doveva ammettere che non aveva tutti i torti. Sí, la piazza era presa, ma qualcuno che ancora andava dietro all'Aquilotto, i fedelissimi, diciamo, sopravviveva. E in futuro potevano essere grane.

– Aquilo', hai capito? C'hai l'avvocato d'ufficio... approfitta!

– Che me lasci il *Caffè* per davero?

– Cosí dice la bionda, e io di lei mi fido.

– E se invece te lo vendo? Mi prendo i soldi e levo le tende.

Jimmy allargò le braccia e roteò intorno uno sguardo da padre nobile e comprensivo.

– Sapete che vi dico? Oggi qua non è carnevale. Oggi è Natale e io sono Babbo Natale. Sí, mi sento troppo generoso. Sta bene, Aquilotto. Siamo d'accordo.

Qualche giorno dopo, sul caseggiato di Sharo, comparve un murale che qualcuno aveva dipinto durante la notte. Rappresentava un uomo grasso che scappava, con una valigia in mano e la faccia stravolta, inseguito da una ragazza giovane e bionda che lo prendeva a calci. Il ciccione era l'Aquilotto, mentre dalla ciocca bionda che sembrava tagliare a metà l'occhio chiaro chiunque avesse un minimo di conoscenza delle Torri poteva facilmente identificare Sharo. Fabio, inorgoglito come se ne fosse stato l'autore, le spiegò che tutti sapevano com'era andata: che Sharo aveva liberato le Torri da quella merda dell'Aquilotto, ma gli aveva anche salvato la pelle. E aveva salvato i figli e messo una buona parola pure per i fedelissimi del vecchio boss. I ragazzini non si toccano, e pure se l'albanese comandava, alla fine chi era uscita vincitrice era lei, la ragazza delle Torri. E tutti i pischelli e le pischelle di strada non desideravano altro che lavorare con la Svedese.

– E chi sarebbe 'sta Svedese?

– E come chi sarebbe, amo'! Ma sei te! Alta, bionda, bella da morire... 'a Svedese delle Torri!

Quando lo informarono della cosa, Jimmy mandò una squadretta a ripulire la parete. Per le guardie, cantare le gesta, si fa per dire, della strada, era come agitare il drappo rosso davanti al toro: significava guai certi. Jimmy volle Sharo accanto a sé mentre si procedeva alla cancellazione.

– Non ti montare la testa, Svedese!

XIX.

Sono arrivato sul tetto
ma non mi frega niente.
Adesso tu parli di me
come ogni Giuda che mente.
Io co' 'sta merda ci svolto
non ci moriamo qui, ma'.

Il principe si sfilò le cuffie e le restituí a Sharo con un sorrisetto sarcastico.

– Cosí questa è la musica che ti piace.

Sulle prime, il modo in cui l'aveva detto la fece vergognare. Però poi ci ripensò e si sentí un po' offesa.

– Ma che c'ha che non va?

– Cara, per uno cresciuto a Mozart e Verdi non c'è niente che va, in questa roba... tu, piuttosto, che ci trovi?

– Parla di me, di noi, – ribatté lei, d'istinto.

Il principe si prese una pausa. In quel preciso istante un raggio di sole penetrò la nuvolaglia. Sino a pochi minuti prima aveva piovuto. Le fronde del boschetto che, dalla loro posizione sul terrazzo, Sharo e il principe dominavano, stillavano gocciole brillanti nella luminosità del mattino di marzo. L'aria di collina era tersa, fredda.

Il principe l'aveva convocata nel castello di famiglia. Che non era un modo di dire, ma un castello vero e proprio. Con tanto di mura, torri, piccole e massicce, niente

a che vedere con le Torri, non so se mi spiego, e quadri di vecchi nobili che sembravano repliche di quelli del palazzo di Roma, con un'aria di famiglia, insomma, cosí come gli arazzi: che, pensò Sharo con una risatina, pure i nobili antichi facevano il due-per-tre dell'arredamento? E ancora tappeti rossi, finestre tonde e feritoie per piazzarci gli archibugi quando i nemici attaccavano, e due armature che sembrava che il cavaliere ce stava ancora dentro...
Il castello sorgeva nell'agro di un paesino dell'alto Lazio. Renzino ce l'aveva accompagnata in macchina. Per tutta la durata del viaggio non si erano scambiati una parola. Meglio cosí: oltre che mandarsi al diavolo, non avrebbero saputo che dirsi.

– Trap! In effetti, da un certo punto di vista, – ammise il principe, – cent'anni fa il jazz dovette fare lo stesso effetto ai puristi della musica classica. Ma c'è un piccolo particolare, Sharo.

– E sarebbe?

Il principe rabboccò la coppa con il cocktail bianco e aggiunse un'altra oliva. Non era ancora mezzogiorno e sembrava già brillo. Se non proprio ubriaco.

– Sicura di non voler assaggiare questo Martini?

– Grazie, sto bene cosí.

– La virtuosa Sharo! Con la sua spremuta d'arancia...

E si vede che stava storto. Certo, non era il solito principe.

– Insomma, stavo dicendo: il jazz alla fine si è imposto per la semplice ragione che è una bella musica. Questa trap fa schifo.

Inferiore. Eccola, la parola giusta. La stava facendo sentire inferiore. Sharo provò un sincero moto di ribellione. Oh, era stato lui a cercarla, a lusingarla, ad attrarla a sé. Mo' che se credeva? Mica poteva permettersi di trattarla cosí!

– A principe…
– Guarda, Sharo, – insisté lui, – esiste un bello ogget-
tivo. Lo trovi nella natura, lo trovi nell'arte, lo trovi nella
perfezione delle forme… anche nell'imperfezione, certo,
in ciò che ci distorce e ci altera, nei corpi scolpiti dei ragazzi e pure nelle deformità… non è proprio possibile de-
finirla, questa bellezza, si annida dove meno te l'aspetti,
a volte ti coglie di sorpresa, ti appare all'improvviso, come usava fare l'antico dio Pan, e tu ci entri in risonanza.
Che lo voglia o no.
– E perché Eggy non può essere 'sta cosa qua? – lo pro-
vocò lei, nonostante tutto affascinata.
– Perché Eggy è oggettivamente brutto. Lui questo dono
non ce l'ha. Non è come te.
– E io che c'entro?
– Tu, – aggiunse lui, a voce bassa, quasi un sussurro,
– tu questo dono lo possiedi. Ma non ne sei consapevole.
E chissà se mai lo sarai.
Dunque: non la stava trattando da inferiore. Le stava impartendo una lezione. Tipo il professore che c'ha la
studentessa dotata ma svogliata. Era come quando chiamavano sua madre al colloquio e dicevano, Sharo non si
impegna, è bravina ma non si impegna, se solo ci mettesse
un po' piú di buona volontà… ma a lei non gliene era mai
importato, in fondo. Alla fine, la promozione era sempre
arrivata. E senza troppa fatica.
– Per dire, Sharo… l'hai letto quel libro che ti ho dato?
– Ho letto cose di quel poeta, quello morto giovane.
– Sí, ma io sto parlando di Thomas Mann.
Qua c'era da arrossire. Il libro l'aveva sfogliato, e dopo
poche pagine era arrivato un sonno di piombo. La storia
di per sé magari non era male: c'è questo vecchio professore che si innamora di un ragazzino bellissimo con un no-

me curioso. Stanno a Venezia, tanti anni fa. Il professore
mica lo sa che gioca nell'altra squadra. Però 'sto ragazzino lo manda proprio ai matti, e allora capisce. Sí, la storia c'aveva un senso, e il principe, con tutto quello che le
aveva raccontato del suo grande amore Lars, chiaro che si
identificava col professore. Però per dirlo questo scrittore
ci metteva tante di quelle parole difficili, e frasi lunghe e
tirití tirità che alla fine a una veniva voglia di dire: e datte 'na mossa! Fagli la proposta! Sharo aveva scoperto che
c'era pure un film su questo soggetto, e l'aveva rintraccia-
to su YouTube. Il film era appena un po' meno noioso del
libro, ma, allo stesso modo, dopo mezz'ora era piombato
il sonno. La sintesi di tutto fu un'alzata di spalle.

– Ho cominciato, principe, mo' che trovo un po' di
tempo...

– Sharo, Sharo! E forse, – sorrise lui, e giú un altro mezzo bicchiere di Martini, – forse la bellezza si annida proprio in questa inconsapevolezza selvaggia. Da cui si trae
la lezione che non sempre un diamante raffinato è preferibile a uno grezzo...

Stavolta Sharo percepí l'affetto, e ne fu rincuorata. Strano uomo, il principe. Ma ci si stava affezionando. E sinora,
per la verità, da lui aveva piú preso che dato. Il che, nella
vita, non le capitava spesso.

– Sharo, per un po' mi sa che non ci vedremo.

Eh sí, si stava affezionando. La notizia le arrivò come
un cazzotto. Una piccola, no, una grande delusione. Aveva forse detto o fatto qualcosa di sbagliato? O forse, semplicemente, il principe s'era stancato di lei... forse aveva
preso troppo, e dato in cambio troppo poco?

– Mi dispiace, – sussurrò, sincera.

Il principe le sfiorò la guancia con una carezza lieve.
L'aveva colta, quella sincerità, e se ne compiaceva.

– Dispiace piú a me, credimi. Ma è una cosa temporanea. Parto per una missione, un incarico che non sto a dirti, ma ci vorrà del tempo...

– Quanto tempo, principe?

– Mah, un mese... forse due... dove vado le comunicazioni sono complicate, ma troverò il modo di farmi sentire. Nel frattempo, per quanto riguarda le consegne... dovremo sospendere. Renzino non è cosí... sociale come me.

– E lo so che gli sto sulle palle, principe.

– Non si tratta solo di questo. Lui è piú riservato, le mie... feste non gli piacciono...

– Però a Capodanno gli ha dato giú, se non ricordo male.

– Per questo si tiene alla larga. Non riesce a controllarsi e poi si pente.

– E lei, principe? Lei si pente?

La domanda le era sorta spontanea. Il principe, gli occhi lucidi, ormai completamente andato a botte di Martini, rovesciò la testa all'indietro e fece partire una franca risata.

– Quando uno ha la mia storia, Sharo, il pentimento non può permetterselo... comunque, ho vari indirizzi di persone che avranno necessità di rifornirsi da te. Dovrai trattarle come tratti me, con la stessa riservatezza e la stessa puntualità...

– Principe, – azzardò lei, – ce devo sempre pensa' io?

– Si fidano di te perché si fidano di me che sono il tuo sponsor, diciamo... ma perché mi fai questa domanda?

– Cosí...

– Lasciami indovinare: stai facendo carriera?

– Io adesso ho... ho delle responsabilità...

Lui la fissò con l'aria fra il condiscendente e l'ironico.

– Sharo è arrivata sul tetto, come dice quel tuo... qual era il nome?

– Eggy.

– Eggy... mah! Responsabilità... che modo elegante per definire l'ascesa sociale... d'altronde, cosa siamo noialtri nobili se non dei vecchi e rozzi pirati che col tempo hanno imparato a stare a tavola come si conviene? In bocca al lupo, allora, Sharo...

– Principe...

– Dimmi.

– Mi hanno dato un soprannome.

– Quale?

– La Svedese.

Lui si alzò, barcollando, si chinò su di lei. Voleva scrutarla piú da vicino. L'odore dell'alcol e quello del suo raffinato profumo si univano in una miscela inebriante.

– Perché sei bionda e hai quest'aria vagamente nordica. Non un grande sforzo di fantasia. Per la generazione di mio padre le svedesi evocavano abissi di erotismo. Nel nostro piccolo paese frustrato e cattolico erano l'emblema del peccato e della lussuria... ma il punto non è questo, Sharo. Il punto è: perché mi hai messo a parte di questo segreto?

Già. Perché. Se l'era sentita, ecco, quella voglia di condividere. No, piú che voglia, un desiderio vivissimo.

– Be', grazie, – la prevenne lui, – grazie, mio piccolo diamante grezzo... vieni con me...

Sharo ebbe l'impressione che il movimento lo affaticasse.

Il principe la guidò per una lunga successione di scale sino a un sotterraneo. Dove, spiegò, qualche secolo prima certi suoi avi sadici si divertivano a torturare i nemici, veri o presunti che fossero. Roba vecchia, sicuro, ma a Sharo qualche brivido scappò: le segrete erano tetre, le volte si abbassavano, l'umidità penetrava nelle ossa, la sofferenza seminata nel tempo si faceva concreta, la respiravi nell'aria come un miasma contagioso. Il principe aprí una porticina blindata e accese una luce vivida. A Sharo sfuggí un'esclamazione carica di meraviglia. Su tre pareti c'erano rastrelliere occupate da ogni tipo di spada, pugnale, sciabola, scimitarra. E moschetti, archibugi, carabine, fucili, pistole e pistolette di ogni epoca e foggia.

– Potrei farci un museo, mia cara, e non è escluso che un giorno o l'altro non mi decida a farlo. Ognuna di queste armi ha una storia, e non sempre si tratta di storie edificanti. Quasi mai, per dire la verità... ma mi interessava mostrarti qualcosa di piú moderno.

Compose la combinazione della piccola cassaforte che era appoggiata sulla quarta parete e ne estrasse due pistole a tamburo, una scatola di munizioni e un'altra scatola, chiusa. Consegnò a Sharo una delle armi.

– Vieni, andiamo a provarle.

– Ma perché? Io non ho mai...

– Mi è parso di capire che ti attendono nuove responsabilità. Stai scalando, ed è un'ottima cosa. Dall'alto la vista è indubbiamente migliore. Ma piú in alto sali, piú s'infoltisce la legione di quelli che ti stanno alle spalle e tramano per prendere il tuo posto. È la sconveniente regola del potere, tesoro. In altri termini, devi imparare a difenderti. E non puoi nemmeno abbandonare la posizione. È la seconda, inderogabile legge del potere: se arretri di un passo, sei finita. A meno di non preparare un'adeguata uscita di scena... ma di questo avremo modo di parlare...

Seguí una vera e propria lezione. Il principe spiegò che il revolver era un'arma preferibile alla semiautomatica, perché piú affidabile e meno soggetto a incepparsi. Insegnò a Sharo a caricare e scaricare, impugnare, mirare. Sulla posizione di tiro fu molto severo.

– La pistola piegata! Orrore! E questa dove l'hai vista? In un film western?

– Veramente sarebbe *Cop Kill*, – sussurrò lei, ed emerse quel maledetto rossore che non riusciva a reprimere.

– E che sarebbe?

– Un videogioco.

– Ah, già, capisco. Tutto questo è molto generazionale. Ma… Sharo, se ti trovi davanti un uomo armato e la pistola la impugni cosí, sei morta prima ancora di formulare il minimo pensiero. La pistola si impugna con due mani, quella che spara e quella che regge l'altra. Il peso si distribuisce sulle due gambe, fletti le ginocchia, cosí…

– Lei se ne intende!

– Non potevo sottrarmi alla tradizione militaresca della mia illustre casata, – ed era impossibile non percepire quel tanto di dolorosa autoironia che affiorava dal suo tono.

– Ha fatto il soldato?

– Ti stupirebbe sapere quante cose ho fatto controvoglia. Su, ricominciamo.

Il bersaglio era costituito da bottiglie e lattine poggiate su un muretto. Sharo imparò piano piano ad aggiustare il tiro. L'arma era pesante, le braccia le dolevano. Il principe le fece giurare che si sarebbe mantenuta in esercizio e le donò uno dei due revolver e una scatola di munizioni.

– E prendi anche questo, – aggiunse, alla fine, indicando l'altra scatola che aveva prelevato dalla cassaforte, – è un cellulare di ultima generazione. Non chiedermi che razza di trappole ci siano dentro, non saprei che dire. So che non lascia traccia delle chiamate né in entrata né in uscita, se qualcuno dovesse comunque risalire a questo apparecchio troverebbe utenti fittizi in qualche posto dimenticato da Dio, Mongolia, Belize, boh… Comunque, funziona. E sai come diceva quel tale: non importa di che colore è il gatto, basta che acchiappi i topi. Usalo solo con persone di assoluta fiducia. Ci sentiamo presto. Spero.

Si salutarono con una specie di casto bacio. Il principe la consegnò al sempre piú sprezzante Renzino. Prima di salire in macchina, Sharo si voltò a guardarlo. Il principe era appoggiato a un tronco spoglio. Il suo sorriso mascherava a fatica una smorfia di dolore. Con una punta di pena nel cuore, Sharo s'infilò le cuffie e sparò a tutto volume l'amato Eggy.

Io nelle Torri ci torno
ma solo coi diamanti al collo.

XX.

L'Aquilotto si trasferí armi e bagagli alle Villette, una borgata piú recente che distava come minimo quaranta chilometri dalle Torri. Prima di lasciare quello che era stato il suo regno, si fece una chiacchierata con Sharo.

– Te devo un favore, pische'.

– Ci conto.

Il Motaro, che era stato incaricato di verificare la serietà del trasferimento, dopo una rapida inchiesta sulla strada, riferí che, effettivamente, dell'Aquilotto, alle Torri, non era rimasta nemmanco la puzza. Aggiunse, però, che correva voce che avrebbe continuato a far girare la «Gina» nel nuovo territorio. All'uopo aveva ingaggiato due disperati di zona, primi passi dell'impianto di una nuova rete di venditori.

Come era accaduto quando comandava alle Torri, il canale era nel dark web. L'Aquilotto comperava modesti quantitativi dal mercato clandestino. Le spedizioni erano pacchi di dimensioni contenute, e venivano recapitati a indirizzi sicuri. Ma tanti pacchi, alla fine, valevano un grosso carico, e quindi anche sotto il profilo della quantità l'Aquilotto stava in regola. Siccome non era mai incappato in nessun sequestro, si era fatto fama di uomo di grandissima fortuna. Il merito, però – Motaro ne era a conoscenza perché l'Aquilotto stesso se ne era vantato pubblicamente – era di una guardia prezzolata, certo Li-

santi. L'Aquilotto l'aveva agganciato quando era venuto
fuori che 'sto Lisanti stava in mano a un cravattaro del
centro, uno col negozio a via del Tritone. L'Aquilotto
aveva rilevato il credito e glielo scontava a due sacchi al
mese. In cambio, Lisanti vigilava affinché nessuno fic-
casse il naso nei suoi affari.

Jimmy si chiese se era il caso di intervenire, ma dopo
attenta valutazione decise di lasciar perdere. A Roma vi-
geva la regola del non pestarsi i piedi. Per il resto, c'era
spazio per tutti. Certo, lui aveva «conquistato» il territorio dell'Aquilotto, ma come reazione a una sua condotta
ingiustificata. La cosa difficilmente si sarebbe ripetuta:
l'Aquilotto doveva aver capito la lezione. D'altronde,
se l'albanese si fosse intestardito a inseguirlo anche nella sua nuova casa, lo si sarebbe potuto accusare di mire
espansionistiche, e questo lo avrebbe esposto a ritorsio-
ni da parte di altri concorrenti.

Jimmy, in effetti, mire espansionistiche ne nutriva: ma
non su un'altra periferia intasata. Sul centro. Era quella la
vera torta da azzannare. La Roma che conta. Grazie alla
Svedese ci aveva messo un piede. Con calma, si sarebbe
installato. E la sua scalata ai vertici sarebbe proseguita.
Dunque: l'Aquilotto non era un problema. Ma la Svedese?
Ragazza acuta. E questo rischiava di essere un serio problema. L'eccesso di cervello può essere nocivo. Si accom-
pagna troppo spesso a spregiudicatezza. Come ogni capo
che si rispetti, Jimmy diffidava di collaboratori troppo in-
telligenti. La Svedese, oltretutto, era carismatica. Forse
lei stessa non si rendeva conto sino in fondo di quanto lo
fosse. Dipenderà da tutte quelle cazzate che si leggeva-
no sulle donne, donne di qua, donne di là? In casa sua,
e secondo l'antico codice, alle donne erano riservati ruoli
marginali e minoritari. Ma le cose cambiavano. E persino

nella madrepatria, fra le giovani generazioni, serpeggiava-
no pericolose tentazioni.

Jimmy sapeva che la Svedese, prima o poi, avrebbe
creato qualche fastidio. Per il momento, comunque, la
partita con lei era totalmente in attivo, e quindi era giusto sfruttare l'onda. Addirittura, le lisciava il pelo, quasi piú un padre che il capo. L'autorizzò a trasferirsi con
madre e badante nell'attico con vista sul raccordo che un
tempo era appartenuto all'Aquilotto. Il tutto in cambio
di un affitto simbolico. La mandò a contrattare con gli
zingari del Fossato e lei li convinse a mettere a disposizione due roulotte per la retta della roba: in cambio,
Jimmy spedí i suoi ragazzi a devastare la sede dei nazisti
della Fortezza. Ne derivò un'inattesa quanto effimera
popolarità della Svedese presso le zecche del centro sociale PPP, presto riequilibrata da una spedizione punitiva di senso opposto, orchestrata da Jimmy per far capire
alle zecche che non era il caso di organizzare un concerto contro «la mafia che opprime le Torri». E quando i
nuovi clienti del centro si aggiunsero alla lista, le accordò una gratifica di ben cinque sacchi.

Però anche in questo la Svedese era strana. Non la ve-
devi mai sbronza o fatta, niente cannuccia su per il naso, per intenderci, né piercing eccessivi, abbigliamento
vistoso e cose cosí. I soldi se li metteva da parte. Se fosse
stata un'albanese, avrebbe incarnato il tipo della perfet-
ta matriarca. E tutto questo – giorno dopo giorno Jimmy
se ne faceva sempre piú convinto – la rendeva terribil-
mente pericolosa. Anche la Svedese aveva mostrato una
debolezza. Chiamalo cuore tenero, chiamalo istinto ma-
terno, chiamalo come ti pare, era pur sempre una donna.
L'idea dell'orecchio mozzato alla bimba e del ginocchio
rotto al Messi in erba l'aveva sconvolta. Ecco perché le

donne non dovrebbero mai occupare ruoli di potere. Né a Roma, né in Albania, né altrove. E al momento opportuno, le cose sarebbero state messe in chiaro. Un momento che non si poteva procrastinare all'infinito: dalle sue parti si diceva *Dria ka të ndreket kur është e egër*, la vite deve essere raddrizzata quando è tenera.

XXI.

Ora che Irina era diventata la sua badante fissa. Ora
che poteva affacciarsi dalla terrazza e prendersi il tè delle cinque sotto l'ombrellone, fra le piante che Sharo aveva fatto recapitare da un vivaio del centro, ora Serenella
aveva smesso di interrogarsi sull'origine dell'improvviso
benessere, e se lo godeva sino in fondo.

Una mattina che aveva la luna storta, dopo che la madre si era lasciata andare al panegirico della sua unica e
adorata Sharo, lei l'affrontò, esasperata.

– Ma l'hai capito che tutti 'sti quattrini vengono dalla
roba che vendo?

– Embè? – aveva risposto l'altra, serafica. – Vendere è
sempre meglio che consumare. Tu mica ti droghi, no, figlia mia?

La verità è che ultimamente Sharo la luna ce l'aveva
spesso e volentieri storta. C'erano cose buone e altre che
non andavano. I pischelli spingevano la roba, e i soldi
affluivano. Lei li convertiva in criptovalute. Il Boccia le
aveva spiegato il meccanismo. Sharo cominciava a impra-
tichirsi di blockchain e roba simile. Idee affascinanti, e
un calcio in culo alle banche. Stava toccando con mano il
futuro. Ne era parte. Però c'erano anche le amiche, che
davanti le sorridevano, persino untuose, e dietro taglia-
vano, invidiosissime, Sharo, quella colle pezze al culo,
mo' è diventata la Svedese, dice che aveva trovato lavo-

ro come commessa al centro, ma de che, quella spaccia, ma anvedi, pare 'na principessa! C'era Fabio, tanto carino, e devoto, ma francamente appiccicoso, un accollo, insomma. E c'era il Motaro. Si era autoproclamato sua guardia del corpo. L'aveva accompagnata un paio di volte a sparare con la pistola del principe. Aveva approvato la sua scelta di armarsi. Chiaramente, non aveva rinunciato all'idea di portarsela a letto, ma almeno non calava le mani. Motaro era piú intelligente di Fabio, a onor del vero. Però qualcosa che non funzionava ce l'aveva pure lui.

Serenella, che andava a farsi i capelli un giorno sí e l'altro pure, beninteso gratis, riportò una cosa raccontata da Cinzia. Dice che il Turco aveva perso, o s'era infrattato, vallo a capire, un po' di roba di Jimmy. Il Turco, fiutata la mala parata, s'era dato, e cosí la punizione era ricaduta sul Tovaja, il fratello pulito, quello che studiava Medicina. Prendersela col Tovaja non era solo una vigliaccata. Era una stupidaggine. Sharo affrontò il Motaro a brutto muso.

– J'avete spaccato la faccia!

– Andava fatto, Sha'.

– Ma nun te vergogni? Tu, grande e grosso, facevi pure il pugile, e due altri come te, e vi siete messi in tre contro uno che peserà cinquanta chili!

– Non ci voleva dire dove sta quell'infame del Turco.

– Perché non lo sapeva?

– Forse è vero, – ammise Motaro.

– E allora? Non sono cose che si fanno, Motaro.

– A Sharo, e che te devo di'? Jimmy m'ha detto di essere deciso, e io so' stato deciso.

– E cosí l'Aquilotto t'aveva detto questo e quello, e hai visto che fine ha fatto l'Aquilotto! E cosí Jimmy t'ha detto e tu sei scattato, come un bravo soldatino!

– E nun fa' cosí, dài!

– Ma quanta roba s'è infrattato, poi, 'sto Turco?

– Cinquecento.

– Grammi?

– Ma che stai a scherza'? Euri!

– E per mezzo sacco di roba avete fatto la spedizione punitiva! Ma per favore!

I cinquecento ce li rimise lei, disgustata. L'albanese, informato dal Motaro, ufficialmente approvò. L'episodio però accrebbe la sua diffidenza nei confronti della Svedese. Si era comportata come si comporta un capo saggio. Ma lei non era un capo. Jimmy annotava e metteva da parte, in attesa del momento opportuno.

Graziato, il Turco andò a trovare Sharo, e si portò appresso il Tovaja.

– Svedese, io te devo la vita. Dimme che te serve.

– Che non fai piú cazzate, Turco.

– Frate', e ringrazia la Svedese che è come 'na sorella.

Il ragazzino taceva. Aveva la faccia gonfia e un braccio al collo. Le fece una gran tenerezza. Non riusciva a guardarla negli occhi. Sharo capí che si vergognava di doverle riconoscenza. Tovaja aveva fatto la sua scelta, e l'aveva fatto presto. Aveva scelto di stare dall'altra parte. E lei? Si stava forse illudendo di non averla ancora fatta, quella scelta? Ma andiamo! L'aveva fatta quando aveva detto di sí al principe.

Andava regolarmente in centro per le consegne agli amici del principe. Ci andava in taxi: un mezzo abbastanza sicuro, quando hai con te dieci anni di galera sotto forma di liquido incolore e inodore. Depositava la roba in cassette o su usci semichiusi, intascava buste già preparate coi contanti. Nessun contatto fisico: gente ancora piú riservata del principe. O paranoici. Oramai era diventata pratica di strade, piazze, chiese, del modo di muoversi e di parlare della gente della sua età, e se avesse voluto, con un piccolo sforzo, ma davvero piccolo, sarebbe potuta passare per una di loro.

La verità è che le mancava il principe. Le mancavano le loro chiacchiere, quel suo tono che sapeva di condiscendenza, affetto, ma che riusciva a sorprenderla con una sottile perfidia. Da quando era partito, le aveva mandato due messaggi vocali. Poi piú nulla. E il suo apparecchio risultava costantemente staccato o non raggiungibile. Si era spinta un paio di volte a palazzo, e aveva trovato tutto sbarrato. Volatilizzato persino Renzino, che pure si era risolta a contattare dopo lunga esitazione.

Sharo si era chiesta se dietro quella frase – quella sul gatto che non importa che colore ha, basta che acchiappi i topi – non ci fosse una sorta di senso nascosto. Tipo: vorrei dirti qualcosa di segreto e di scottante, non posso farlo direttamente, ti propongo un indovinello. Ma quando aveva cercato in rete, era rimasta colpita. Si trattava di una frase nientemeno che di Mao, il capo comunista cinese. Si ricordò la conversazione sulle zecche, quella sera alle Torri. A Sharo i comunisti non piacevano. Piú che altro, non capiva che andavano cercando. Volevano cambiare il mondo? Bella figura avevano fatto in Russia. Anche se, doveva confessare, quella storia di mandare gli studenti a zappare la terra e i contadini analfabeti a insegnare all'università aveva un suo perché. Tipo deportare gli snobboni di piazza Navona alle Torri e invadere il centro storico di coatti. Cosí, a fare un po' per uno… Ma che c'entrava il principe con uno come Mao? Non ce l'aveva proprio l'aria della casa di un comunista, quel meraviglioso palazzo che le piaceva cosí tanto! E poi, la storia del gatto e del topo significava, piú o meno, che quando fai la rivoluzione devi prendere quello che ti capita e afferrarlo al volo, senza stare troppo a sottilizzare.

E qui la folgorò un pensiero: forse il principe aveva davvero voluto mandarle un messaggio! Qualcosa come: guarda, mia cara, che se tu vuoi cambiare vita, devi abbandonare ogni scrupolo e andare avanti come un autotreno. Eh. Quanto le sarebbe piaciuto parlarne con lui!

Una sera affrontò l'argomento con Nico, in occasione di una consegna particolarmente rilevante, due litri di «Gina», un cubo da mezzo chilo di Mafalda e duecentocinquanta pasticche di ecstasy.

– Hai notizie del principe?

Nico era a torso nudo, le trippe saltellanti imprigionate da un inverosimile paio di bretelle rosse.

– Buona sera. Che, nun ce l'hai il vizio di salutare?

Sharo sbuffò d'impazienza.

– Hai notizie del principe? – ripeté, senza nascondere l'irritazione.

– No.

– Sicuro?

– E mica so' la sua balia!

– Avete litigato?

– E a te che te frega, se posso permettermi?

– Guarda che è stato lui a farci conoscere.

– E a fa' conoscere mi' padre e mi' madre è stato 'no zio prete, ma mica io quando mi gira gli vado a rompere i coglioni a casa.

Sharo gli consegnò lo zainetto. Nico controllò il contenuto e fece un largo sorriso.

– Hai capito! Per questo povero stronzo s'è disturbata la Svedese in persona! A che debbo tanto onore?

– Te l'ho detto. Cerco notizie del principe.

– Be', non sta bene. Almeno, questa è la voce che gira.

La notizia la colpí come uno schiaffone in pieno volto. Non sta bene.

– È malato?

– Cosí si dice.

– Ma chi lo dice?

– A bella, voci! Altro non so.

È malato. Questo avrebbe spiegato il suo strano comportamento, l'ultima volta che si erano incontrati...

– Ma che c'ha?

– Boh, – rispose lui, con un gesto vago, – magari non è manco vero, Orso si è sempre divertito a prendere in giro la gente... allora, quanto te devo?

Sharo fissò il prezzo. L'uomo cacciò la mano in tasca, estrasse un rotolo di banconote, sfilò quelle che servivano e le passò a Sharo. Lei fece un ultimo tentativo.

– Ma non sai almeno come mettersi in contatto? Al telefono non risponde.

– Hai provato co' Renzino?

– Silenzio anche su quella linea.

– E allora non so che dirti! Però, non farti troppe illusioni, l'hai capito che il principe gioca nell'altra squadra, no? Lo sai qual è la sua specialità? Si fa legare come un salame e poi arrivano 'sti pischelli e se l'ingroppano a turno...

– E la tua specialità, Nico, – rispose lei, in tono di sfida, – qual è la tua specialità?

– Be', – ribatté lui, col sorrisetto sfottente, – quando ti vuoi accomodare...

– Arrivederci, Nico, è stato un piacere vederti.

– Davvero, Sharo, credime, stasera il programma è 'no sballo. E ci stanno un paio di pezzi grossi... se ti dico i nomi... ma se resti li vedrai di persona. Possono servire, credimi.

Lo piantò in asso, senza degnarlo nemmeno di un rifiuto. Certo che se la storia del gatto e del topo significava che doveva essere pronta a tutto, be', ad andare a letto con uno schifoso come Nico e quelli come lui non era ancora pronta. E non lo sarebbe mai stata. In quello stesso istante, Nico Ruggero si calava una pasticca e giurava che in un modo o nell'altro quella fichetta impertinente se la sarebbe fatta.

XXII

E venne il momento che le guardie s'incazzarono per davvero. Venne all'improvviso, quando nessuno se l'aspettava, quando gli affari andavano a gonfie vele, l'albanese si stava ingrossando e Sharo, bitcoin su bitcoin, stava seriamente pensando di estinguere il mutuo, rivendersi l'appartamento, metterci su qualcos'altro e trasferirsi, se non proprio in centro, comunque a distanza di sicurezza dalle Torri.

Successe che un gruppo di fregnoni di Roma Nord ci andò giú pesante con la «Gina» e la Mafalda. Erano tutti ragazzini sui sedici-diciassette, il piú grande ne aveva venti, la piú piccola quindici. Occuparono la villa di campagna del papà giornalista di una di loro per una festa in grande stile. Il luogo isolato e senza vicini rompicoglioni si prestava a una serata movimentata, come piace ai ragazzi. Gli invitati erano tutti dello stesso giro, famiglie di vipponi, qualche politico, altri giornalisti, campioni dello sport, presentatori della Tv. Fra loro Luna, sedici anni, figlia di un primario ospedaliero. Fu lei, un paio di giorni dopo, a confessare in lacrime alla madre che dopo aver bevuto un bicchiere si era sentita strana, e a un certo punto le si erano avventati addosso in quattro, e poi era stata la nebbia. Salvo che girava un video dove lei faceva cose da film porno con tre di questi, a turno, mentre il quarto riprendeva. La madre di Luna sporse denuncia. La Procura della Repubblica fece le cose sul serio. Quattro mesi di serrate indagini condotte nel piú assoluto silenzio stampa, intercettazioni a tappeto e alla fine blitz all'alba, decine di bravi ragazzi incarrettati, laboratori e cucine sigillate, chili di ottima roba sequestrati, pagine e pagine e ore e ore di talk show conditi di lamentazioni sui nostri ragazzi, il cancro della droga e daje e daje.

Venne fuori che il casino riguardava all'origine una paranza di Roma Nord, vecchi pusher legati al giro degli ultrà del calcio. Si rifornivano dai casertani, e parlavano troppo al telefono, cosí in manette c'erano finiti anche i grossisti. Il guaio è che uno di questi grossisti era anche il contatto preferito di Jimmy. Le intercettazioni, si sa, sono come le reti da pesca: tu le cali e non sai che cosa acchiappi. In questo caso, nella rete c'erano finiti quelli del Ponte. Per puro caso, le Torri erano rimaste fuori dalla rete a strascico. Il perché lo spiegò il Motaro: le intercettazioni si erano chiuse proprio mentre avveniva il passaggio di consegne fra l'Aquilotto e Jimmy, e quindi l'unico che aveva subito perquisizione era stato Fabio, per via delle attività svolte in passato presso il *Nirvana*.

Fabio lo raggiunsero mentre stava aprendo il *Gran Caffè*. Il posto era pulito. E Sharo, con un paio di sorrisi e quel certo modo di fare di chi è abituato a stare al mondo – sia lodato il principe! – aveva intortato le guardie, che se n'erano andate convinte di aver appena conosciuto due ragazzi senza problemi.

Comunque, Jimmy era latitante, la sua faccia furoreggiava su giornali, televisioni e soprattutto in rete. Le immagini che giravano non gli rendevano giustizia: in video aveva la faccia dell'inveterato delinquente. Sharo si chiese se la stampa al servizio delle guardie non lavorasse di Photoshop per involgarire i malavitosi. Ma tant'è. Jim-

my mandò alle Torri il cugino Solandata, l'unico della famiglia rimasto a piede libero, con l'ordine di recuperare
tutta la roba giacente presso i vari reggitori e di venderla,
in blocco, sottocosto, a qualunque condizione. Al boss
servivano soldi per cambiare aria. E con urgenza. Al re-
cupero pensarono Sharo, Fabio e un paio di pischelli delle
Torri, mentre Motaro si procurava telefoni usa e getta con
scheda intestata agli zingari, mezza piotta a cranio per il
servizio, 'tacci loro.

Sharo, del resto, si era guardata bene dal parlare ad anima viva del telefono supersicuro che le aveva rimediato il
principe: per sesto senso, diffidenza, e soprattutto perché
era una cosa sua, solo sua, frutto di un'amicizia sua, solo
sua. Per questo, nemmeno a Fabio ne aveva accennato.
Ma alla fine della giornata mancavano due chili di coca e
un sacco di pasticche. Vale a dire la fetta piú grossa della
torta. Era la roba custodita dagli zingari del Fossato. Se
n'era incaricata Sharo. Quando si era presentata al campo,
una grassa matrona dall'aria furba le aveva spiegato che
nottetempo era arrivato un ragazzo, a suo dire mandato
proprio da Jimmy, e si era portato via tutto.

– E com'era questo ragazzo?

– Un ragazzo bianco.

– Non puoi essere piú precisa?

– Per te tutti zingari uguali, no? Per noi tutti voi uguali. Era un ragazzo. Come tanti.

Possibile che fosse davvero un emissario dell'albanese?
Alle Torri non se n'era saputo niente. E infatti, quando lo seppe Jimmy montò su tutte le furie: non solo non
aveva ordinato lui il prelievo, ma adesso erano loro nei
guai, quelli delle Torri. Si erano lasciati sfilare il carico
da sotto il naso e avrebbero pagato. Per il momento, che
si vendesse, e in fretta, perché il cerchio si stava strin-

gendo e, se Jimmy fosse stato arrestato, sarebbe stata la
fine di tutto. In un modo o nell'altro, la roba fu smalti-
ta, e anche abbastanza presto. Era ovvio. Dipendeva da
una legge fisica, quella dell'occupazione degli spazi. E
da una economica, quella dell'occupazione del mercato.
Già: ma sino a quando? Le scorte si esaurirono rapidamente, la latitanza di Jimmy assorbí il novanta per cento
del ricavato, e ai ragazzi delle Torri rimase poco o niente.
I soldi cominciavano a scarseggiare. E a Sharo i soldi servivano. Perché ci stava facendo l'abitudine, alla sua nuova vita. E perché il sogno di mettere da parte quello che
serviva a cambiare strada non era mai tramontato.

Cosí si presentò dall'Aquilotto e gli ricordò che aveva un debito con lei. L'Aquilotto se ne stette un po' sulle sue. Ah, mo' me venite a cerca'! Ah, m'avete cacciato
come un cane! Ah, e mo' che l'albanese v'ha lasciato col
culo per terra...

– Io non sono l'albanese. E tu il debito ce l'hai con me.

L'Aquilotto allargò le braccia e rimediò un boccione da
cinque litri di vino di Olevano pieno di «Gina» e un paio
di catinoni in confezione da sale grosso. Per la coca, toccava aspettare qualche giorno, dopo i recenti eventi anche
l'Aquilotto era un po' a secco. Prima di congedarsi, lui ci
tenne a mettere le cose in chiaro.

– Al momento, 'sto gioco ce conviene a tutti e due. Ma
ricordate: io alle Torri ce tornerò, perché quella è casa mia.
E allora dovrai decidere da che parte stai, quando farò i
conti col padrone tuo.

– Io non ce l'ho un padrone, Aquilo'.

XXIII.

Le cose filarono lisce per un po'. Finché l'Aquilotto mantenne la parola. Ma poi anche lui dovette prendersi una pausa. Accadde che questo Lisanti, la guardia corrotta che chiudeva tutti e due gli occhi sulle spedizioni di «Gina» e affini, fu trasferito di punto in bianco all'ufficio passaporti. Normale avvicendamento, secondo la formula di rito. L'Aquilotto scuoteva la testa, affranto.

– S'è fatto sgamare, 'sto micco.

– E mo'?

– E mo', Svedese, tocca trova' 'n altro canale. Me serve tempo.

Se era proprio il tempo il problema numero uno! Si diceva che Jimmy fosse finalmente riparato in Albania. Sulla strada regnavano il sospetto e l'anarchia. Alle Torri si respirava aria di depressione. Gli affari andavano a rotoli. I pischelli vagavano allucinati. C'era chi meditava di andarsi a trovare un lavoro onesto da qualche altra parte della città: ma con il virus maledetto era tutto maledettamente piú complicato. Erano state avvistate vedette di altre paranze, gente del quadrante Ovest o addirittura dei Castelli. La voce che le Torri erano senza padrone si era sparsa. Questione di giorni e qualcuno si sarebbe presentato e avrebbe occupato il posto dell'albanese. Non l'Aquilotto, che aveva i suoi guai. Qualcun altro. Legge fisica. Legge economica. La Svedese capí che doveva prendere in

mano la situazione. Non poteva permettere che i suoi sogni si sgretolassero. Ma la vita era diventata impossibile.
Altro che estinguere il mutuo! La depressione non aveva
risparmiato il *Gran Caffè*. Scomparso Jimmy, scomparse
pure le rimesse che periodicamente faceva pervenire alla
cassa. Fabio era stato lasciato solo alle prese con un mare
di fatture. Il Motaro era sempre a disposizione. Però un
bravo soldato e niente di piú, senza un capo a impartire
direttive, non valeva un accidente. Per far fronte ai paga-
menti, Sharo aveva intaccato i suoi bitcoin. Come se non
bastasse, Nico le aveva fatto sapere di essersi già rivolto ad
altri pusher – e mica ce stai solo te, su Roma, bella mia! – e
il principe non dava segni di vita.

Cosí non si poteva andare avanti. E lei non aveva nessuna intenzione di arrendersi. Bisognava trovare una soluzione. Riportare la roba alle Torri, rimettere i pischelli
sotto controllo. Dicevano che la Svedese aveva carisma.
La Svedese stava imparando che il carisma senza quattrini non serve a niente.

– Tra un po' arriva la buona stagione, ci vacciniamo, ci
sgabbiano, e la roba ricomincia a circolare.

– E che vuoi fare, amo'?

– Non lo so. Qualcosa. Non possiamo restarcene con
le mani in mano.

– Ma se Jimmy torna...

– Jimmy sta bello e beato a casa sua. Hai capito o no
che dobbiamo sbrigarcela da soli, Fabie'?

– E vabbè, ma la roba dove la prendiamo, eh? Dove?

Questo era il problema. Non avevano i contatti giusti.
Al di fuori di Jimmy il fuggitivo e dell'Aquilotto sul piede
di guerra, nessuno di loro avrebbe saputo come muoversi.
Non potevano certo mettersi a girare per locali cercando
di sgraffignare una bustina qua e una pasticca o una fia-

letta là... Sharo si mise a studiare. A cercare. Era questo
che l'aveva distinta da tutti gli altri. Sin da bambina. Era
tenace. Trovava la soluzione ai problemi. E la soluzione,
anche questa volta, arrivò. Dalla rete.

Sharo ci era andata perché voleva capire come rimettere
in sesto il sistema dell'Aquilotto: spedizioni internazionali
di «Gina» e Mafalda dal dark web. Il Boccia, come sempre, le dava una mano. Però l'ostacolo dei tracciamenti
sembrava insormontabile. C'erano molti siti che vendevano, ma presto o tardi li sgamavano. Era solo questione di tempo. Potevi essere fortunato e rimediare due-tre
mesi di consegne, poi, inesorabilmente, risalivano a te.
La Svedese non voleva correre rischi. E senza una guardia che ti dava una mano dall'interno, era galera sicura.
Dopo ore di sforzi vani, con gli occhi arrossati e i nervi a
pezzi, lanciò l'ennesima ricerca random su Ghb e Gbl e
trovò quello che cercava.

XXIV

La Svedese aveva trovato la droga legale. Si chiamava
1,4-butandiolo. Liquido bianco e incolore, solubile in acqua.
Una sostanza perfettamente lecita. Assunta per via orale,
aveva gli stessi, medesimi effetti della «Gina». La Svedese
lanciò un urlo e girò lo schermo verso il Boccia, che sonnec-
chiava aggrappato alla sua lattina di birra calda. La Svedese
aveva trovato la droga legale. Il sogno di ogni pusher. Ma
alla fine, rischiava di essere una scoperta inutile. Questo
1,4-butandiolo era molto usato nell'industria delle vernici,
farmaceutica, tessile – ci si produceva, per dire, la lycra – e
se faceva la parte della «Gina» era per via di una miraco-
losa combinazione chimica: tu l'assumevi, e nel tuo corpo,
voilà, diventava «Gina». Incredibile, no? Ed era in libera
vendita. Neanche c'era necessità di andare in Croazia o di
fare scorribande sul dark web.

Sharo cercò e trovò in rete una serie di indirizzi. Laboratori che spedivano alla luce del sole. Ma cosa spedivano?
Contenitori da un litro di merce. Al modico prezzo di 90,73
euro. Un litro. Un litro alla volta. Che, va bene, costa 90 e
si rivende all'ingrosso a cinquemila, diciamo pure seimila
per via della crisi dovuta agli arresti, e metti pure settemi-
lacinquecento ai non amici. Che poi, se la vendi a dose sin-
gola, da un litro ci puoi ricavare anche nove-diecimila. No,
niente male, eh, per carità. Ma un litro! Un litro alla volta!
Quante spedizioni si dovevano organizzare per coprire la

rete che si era creata ai tempi di Jimmy? Che fra l'altro se
l'era squagliata e li aveva lasciati col culo per terra?

Il problema era che spedizioni di quantitativi piú grossi
avevano bisogno del supporto di un livello industriale di
consumo, come Sharo comprese dalle sue ricerche. Si parlava di fusti da cento litri o addirittura autobotti cariche
del prezioso liquido. Non era il prezzo a spaventare: era
la necessità di giustificare l'acquisto compilando l'apposi-
to format di consegna, a nome di un'azienda autorizzata
a determinate produzioni, con bolle di scarico, accompagnamento e carico, garanzia dell'Unione Europea, messa
a disposizione di automezzi adeguati, garanzia dello smal-
timento...

– Rega', qua nun annamo da nessuna parte! – Il Motaro divorava un trancio di pizza e scuoteva la testa. Fabio
sistemava sulla scansia del bancone i superalcolici. Sharo
se ne stava su uno sgabello, con un ginocchio fra le mani
e la testa in fiamme. Era sera. Le giornate si allungavano
ma si aspettava maggio per la grande liberazione. Sharo
ormai litigava a viso aperto con le Torri, dove il vaccino
era piú temuto del virus. Aveva imposto le due dosi alla
sua fragile mammina, e lei si vergognava di dirlo in giro.
Ma la questione piú urgente era: come mettere le mani su
tutto quel ben di Dio legale che chiedeva solo di essere
scaraventato sul mercato?

– Lo rubiamo, – saltò su a un certo punto il Motaro.

– E come? – domandò Fabio.

– E come se ruba? S'entra nel magazzino e si portano
via i fusti con la roba.

– Sarebbe una rapina, – puntualizzò Sharo, – ci stanno
un deposito verso Perugia e uno piú su, tipo l'Emilia, ma
so' attrezzati con guardie giurate e tutto.

– E tu che ne sai?

– Motaro, io so leggere e scrivere e navigo.

– E tu te credi che noi non siamo in grado di fare il colpo?

– Noi tre no. Dovremmo organizzare un vero e proprio assalto, servirebbero sette, otto ragazzi, armi, almeno due o tre macchine... roba da professionisti.

– E noi che semo?

– Noi non riusciamo nemmeno a procurarci un po' di merce per i clienti abituali.

– E mo' non te butta' giú, amo', – intervenne Fabio.

Motaro allargò le braccia. Certe volte la Svedese te l'ammosciava, co' tutte 'ste chiacchiere. Insomma, cinque o sei pischelli disposti a tutto si trovavano facile, no? Certo, c'era questa cosa di finire faccia a faccia, metti, con una guardia e allora devi spara', mors tua vita mea, come c'era scritto sul tesserino dello Splendor Team di pugilato. E, a dirla tutta, a un cristiano il Motaro non j'aveva mai sparato. Cazzotti a buffo, figurarsi, ma spara'... Però il punto bisognava mantenerlo, no?

– Io non mi rassegno, Sharo! Tutto 'sto ben di Dio praticamente gratis... almeno facciamo qualche ordine noi...

– Si può fare, – concesse Sharo, – ma calcola una settimana per la spedizione... arrivano... quanti siamo noi? Tre? Tre litri. Vanno via in un pomeriggio, e poi...

Fabio aprí un pacchetto di patatine e cominciò a sgranocchiare. La verità è che Sharo, come il Motaro, non riusciva a rassegnarsi. Una piccola consegna qua... una piccola consegna là... vivacchiare in attesa del ritorno dell'albanese... significava tornare indietro. Invertire la rotta. Stai salendo, aveva detto il principe. Le era sembrato che ne fosse contento. Si era sentita compresa. Un momento esaltante. E ora... Come l'avrebbe presa, un'eventuale caduta? Si accorse di essere spasmodicamente legata al giudizio del principe. Aveva elaborato strade alternative alla rapina, ma senza esito. Una, a un certo punto, le era parsa convincente. Sarebbe andata nel paesino del laboratorio, si sarebbe piazzata in un albergo – aveva controllato: l'albergo c'era – e si sarebbe intortato uno dei tecnici. Lo avrebbe sedotto e convinto a portare fuori dal laboratorio un po' di 1,4 o come diavolo si chiamava. Vabbè. Ma poi ci doveva pure finire a letto? A questo non era disposta, nossignore.

Perché non poteva consigliarsi con il principe? Perché l'aveva abbandonata? Ripensò al gatto che qualunque sia il colore deve acchiappare il topo. Be', qui il topo era bello grosso, tanto grosso che il gatto non ce la faceva ad acchiapparlo. Però, un attimo. Dove stava scritto che ci dovesse essere un solo gatto? E se ce ne fossero stati piú d'uno, molti di piú?

– Stateme a senti', – disse, stendendo le lunghe gambe e balzando giú dallo sgabello, – credo di aver trovato una strada...

Sí. Sharo ebbe l'idea giusta. E la parabola del gatto e del topo le serví a imporla. Ma forse – lei per prima ancora non se ne rendeva conto – questa passò per la semplice ragione che veniva da lei. Veniva dalla Svedese. E alle Torri tutti si fidavano della Svedese.

Il giorno dopo la rivelazione, convocò nel *Gran Caffè* un po' di gente fidata delle Torri. I pischelli che spingevano la roba, certo, ma anche chi aveva perso il lavoro e menava regolarmente la moglie perché si sentiva un disgraziato e un fallito, e le mogli che venivano regolarmente menate e lamentavano di aver sposato un disgraziato e un fallito, e i ragazzi che avevano lasciato la scuola, e qualche vecchio che non riusciva piú a muovere le gambe e altri disperati senza arte né parte, e quando si furono radunati e seduti tenne un discorsetto.

– Allora, da oggi ognuno di noi va su Internet, e se non ci sa andare si fa aiutare dal fratello, dal figlio, dalla zia, dall'amica, da chi ve pare... ognuno di noi va su Internet e ordina un flacone da un litro di questa sostanza...

E sullo schermo montato alle spalle del bancone, a un suo comando, Fabio fece partire dal computer la fotografia di un flacone di Pulitan.

– Mo' io nun ve faccio perde' tempo con le chiacchiere. È roba perfettamente legale, ma si può usare pure in modo illegale...

– E quanno mai 'a legge è stata con noi! – urlò uno che aveva perso una gamba sull'impalcatura, e siccome stava a nero non ci aveva guadagnato una lira.

Altre voci si unirono al coro. Chiunque aveva qualcosa da lamentare, qualcosa da recriminare, un odio da fomentare. Sharo aspettò che la tempesta si placasse e riprese.

– Se qualcuno vi dovesse chiedere: ma che te ne fai del Pulitan? Voi rispondete: ci pulisco i tavoli, le sedie, i coltelli... ma nessuno ve lo chiederà... dunque, andate in rete e ordinate ciascuno una confezione. Il costo è di 90,73 euro a flacone...

Lasciò sfogare il prevedibile brusio e riprese la parola dopo che il Motaro ebbe distribuito un paio di scappellotti.

– E nun ve pensate che dovete paga' voi! Pago tutto io!

– E che ce guadagni? – insorse, sospettosa, una robusta massaia, amica storica di Serenella.

– So' affari miei, – tagliò corto Sharo, e aggiunse, – il punto è che cosa ci guadagnate voi...

E dopo una pausa a effetto concluse: – Cento euro per ogni flacone consegnato.

Si accordarono per centocinquanta. Accettarono in quaranta. Conti alla mano, un autentico affare. Non fu

nemmeno difficile convincere il tipo in giacca e cravatta
che controllava il cantiere ai confini del Fossato, quello che per mesi le aveva promesso un posto di lavoro in
cambio di prestazioni sessuali mai erogate. Bastò che il
Motaro e Fabio facessero a pezzi la macchinetta del caffè
nell'office e quello siglò l'accordo. Come dipendente di
un'impresa di costruzioni, aveva la possibilità di ordinare
fusti da 25 litri di 1,4-butandiolo per uso industriale. Nei
suoi confronti, ovviamente, il contratto stipulato con la
gente delle Torri non valeva. Lui non veniva pagato, ed
era già tanto se Fabio e il Motaro non gli avevano spaccato una gamba.

Nel giro di due settimane, quando le consegne cominciarono ad andare a regime, Sharo e i ragazzi potevano
disporre di un 60-65 litri di «Gina» perfettamente legale.
Le forniture ai vipponi ripresero con regolarità. L'eco-
nomia delle Torri tornò a girare. La popolarità di Sharo
salí alle stelle.

Una sera, Nico Ruggero le presentò un bel ragazzo alto e distinto. Si chiamava Vitaliano, ed era il rampollo
di un'influente famiglia calabrese. Il che stava a significare: pezzo da novanta della 'ndrangheta. Sharo fu colpita dalle buone maniere del giovane, dal suo eloquio
privo di accento.

– Mi sembrava, chessò, uno de quelli che lavorano nella finanza... – confidò a Nico, un momento che erano rimasti soli.

– E c'hai azzeccato, a bionda, – rise quello, – un cazzo
de broker, uno che move l'argiàn, capirai, co' i milioni
che c'hanno, 'sti calabresi i pischelli li mandano a studia' a Milano, in Svizzera, a Londra. Loro nun se spor-
cano mica le mani, fanno fa' ai manovali... Se pensano
che cosí diventano che cazzi... ma poi quanno serve tor-

nano al paesello, se mettono addosso la pelle de pecora e se ricordano chi sono...

A ogni modo, Sharo e Nico si accordarono per uno scambio, «Gina» contro coca, vantaggioso per entrambi. E infine tornò il principe.

XXV.

Sharo non aveva mai volato in elicottero. Per dirla tutta, non aveva mai volato. Al principe mica l'aveva confessato, però. Quando lui gliel'aveva chiesto, aveva annuito convinta, fissandolo negli occhi. L'impressione era che l'altro l'avesse sgamata, la bugia. Con un certo divertimento, comunque.

Erano partiti di prima mattina dall'eliporto privato di una villa a due passi dalle rovine di Ostia Antica, un'altra delle proprietà del principe. L'elicottero – *Faust* si chiamava – era una cosina piccola che pareva un giocattolo, con l'elica floscia e un abitacolo minuscolo che la costringeva a starsene coscia a coscia con Renzino. Il principe al riguardo era stato categorico: – Voi due vedete di non esagerare. È chiaro che non vi piacete, ma io vi prego di trovare un modus vivendi accettabile.

Be', piú che una preghiera era uno di quegli ordini ai quali era impossibile non obbedire. Cosí, prima di prendere posto su *Faust*, i due si erano stretti la mano. Si trattava, ovviamente, di una pace fittizia, al massimo una tregua momentanea: Sharo era certa che Renzino non avrebbe rinunciato a cercare di sbarazzarsi di lei. Dal suo punto di vista, si sentiva meno bellicosa: finché la tregua reggeva, a lei stava bene.

Il principe spiegò che Faust era un tizio che aveva fatto un patto col diavolo per avere fortuna e successo nella vita e in amore, e poi si era pentito. L'alternativa era chiamare l'elicottero Don Giovanni, un altro tipo che, però, davanti al demonio, o qualcosa di simile, non si era pentito per niente.

Diciamo che scegliere Faust significa lasciare uno spiraglio a un'alternativa. Don Giovanni avrebbe comportato una scelta irreversibile.

L'aspetto buffo della vicenda, rifletté Sharo, mentre *Faust* si staccava da terra ondeggiando, era che, appena pochi mesi prima, se uno le avesse parlato di Faust, Don Giovanni, patti col diavolo e roba del genere, lei lo avrebbe guardato come un pazzo. Ora, invece, capiva. Cioè, per la verità, non proprio tutto, ma il senso, il senso quello sí, lo afferrava.

Il principe era uno di quelli che stanno sempre in bilico fra esaltazione e disperazione. Un colpo di vento – come può succedere all'elicottero, per dire – e cadono di qua o di là. Ecco. Forse Sharo era stata il colpo di vento che l'aveva tenuto da questa parte del confine. Magari gli aveva salvato la vita, e lui voleva farglielo sapere. O magari erano tutte fesserie, e lei si stava facendo un film a uso e consumo di sogni fatui, e in questo caso il risveglio rischiava di rivelarsi catastrofico. Ma tant'è. Il principe l'aveva cercata, e la cosa le aveva fatto piacere. Di piú. Si era sentita... non proprio felice, ma quasi. Appagata, ecco. Riconosciuta. E poi il volo era davvero una sensazione meravigliosa. Il soffio impetuoso e gentile della primavera calda sul volto, il rumore delle pale che si portava via le parole, persino la presenza di Renzino era meno molesta del solito.

Il principe pilotava con l'aria di godersela un mondo, si divertiva a simulare discese in picchiata sulla cima degli alberi piú svettanti, indicava le macchine che percorrevano,

sotto di loro, le tortuose strade di montagna. Vibrazioni
di euforia e libertà dappertutto gonfiavano di argento miracoloso il cuore di Sharo. Quando arrivarono al castello,
la loro meta, le sembrò quasi di aver sognato.

– Come pilota sei un cane, Orso. Non sai cos'è la stabilità, non sai sfruttare le correnti. Sei andato troppo in
alto e a volte troppo in basso.

– Basta cosí, Renzino. Vai a controllare gli arrivi. Facci
portare qualcosa sul Torrione di Sigismondo.

Renzino girò sui tacchi e si allontanò, con l'aria alquanto sdegnata. Non c'era niente da fare. Proprio non voleva
rassegnarsi.

– Non ha tutti i torti, – ammise però il principe, mentre
indicava a Sharo la strada per il Torrione, – ho preso il bre-
vetto da poco. Lui ha all'attivo una cinquantina di missioni.

– Missioni? Che è, un soldato?

Il principe non rispose, limitandosi a un cenno vago.
Arrivarono al Torrione al termine di un percorso intrica-
to lungo il perimetro esterno delle mura. C'erano un gazebo allestito con due poltrone, un divanetto a dondolo,
un tavolo con vassoi di torte rustiche, frutta, bollicine nel
secchiello del ghiaccio. Sharo si affacciò sulla vallata. Vide cinque o sei camper disposti a cerchio, intorno ad alcune tende montate. Un andirivieni di ragazzi, e al centro
di tutto Renzino che si sbracciava per dare disposizioni.

– Ho organizzato una festicciola fra amici. Giusto per
celebrare l'auspicata fine della pandemia.

Sharo gli porse lo zainetto con i due flaconi di Pulitan
che si era portata da Roma.

– Questa può servire.

– Ottima idea, Svedese. Dovremmo essere un centi-
naio, piú o meno.

– Principe, ma come fa con le guardie?

– Tutto ciò che ci circonda, da qui ai due paesi limitrofi, è proprietà privata. I presidi territoriali, definiamoli cosí, sono ragionevoli. Si tratta degli eredi dei famigli che per secoli hanno campato grazie ai miei avi. Non creeranno problemi.

– È vero che lei è stato male?

– Chi lo dice?

– Nico.

Il principe si rabbuiò.

– Nico parla troppo.

– Mi scusi, non sono affari miei. Però…

– Però?

– Mi dispiaceva che non ci siamo visti, ecco.

E lui poteva prenderla come: se non ti vedo, non mi paghi le consegne, e io ci rimetto. Ma non era questo che Sharo voleva dire. E forse era riuscita a dirlo nel modo giusto, perché lui le elargí un sorriso.

– Comunque, Sharo, era un falso allarme. Beviamo qualcosa?

Fece saltare il tappo delle bollicine. Il principe si dilungò nella descrizione dell'etichetta, soffermandosi sulla distinzione fra «brut» e «crémant». Sharo si fece ripetere i nomi e li trascrisse nelle note dell'iPhone.

– Questo tuo gusto per l'approfondimento mi è sempre piaciuto molto, Sharo.

– Magari, – disse lei, – se nascevo da un'altra parte finivo professoressa.

– La professoressa svedese! – rise il principe, ma con fare benevolo. – Sai, Sigismondo, il mio antenato da cui prende il nome questo torrione, una volta fece frustare una sua serva che era stata sorpresa a curiosare in biblioteca.

– Bello stronzo. Mi scusi…

– Piú che altro, invidioso. Era analfabeta…

– E la serva?

– Fu scacciata. Venne accolta nel vicino convento di Santa Brigida. Al tempo il convento era governato da una badessa di idee piuttosto avanzate. La serva, Cencia, aveva libero accesso ai libri, e non solo a quelli sacri. Per dirla tutta, dei libri sacri non sapeva che farsene. A lei interessava la medicina. Studiava le erbe e i medicamenti che se ne potevano trarre. Divenne un'abile speziale, una sorta di farmacista, una dottoressa naturalista ante litteram. Ovviamente, non era qualità che si potesse divulgare, a quel tempo una donna che praticasse l'arte medica correva il rischio di essere additata come strega. Ma d'accordo con la badessa, la nostra Cencia curava i contadini poveri, e le si attribuiscono numerose guarigioni inattese. Insomma, la fama della sua bravura si sparse nel contado e giunse alle orecchie del vescovo, il quale, come era prevedibile, ordinò un'inchiesta. Arrivarono gli inquisitori, misero sottosopra il convento, e Cencia fu a un passo dalla prigione e dal rogo. E invece...

Il principe si interruppe, buttò giú un sorso e fissò Sharo con un sorriso obliquo. Lei capí che si aspettava una reazione. Come l'attore che si prende una pausa per valutare l'effetto dell'ultima battuta sul pubblico. Be', se il problema era quello, stava funzionando. Il racconto teneva. Però, curioso, il principe non le era mai sembrato uno che avesse bisogno di essere incoraggiato.

– E invece, principe?

– E invece, guarda caso, proprio in quei giorni il nobile Sigismondo era caduto in preda a una febbre devastante, che lo stava consumando ora dopo ora. Nessuno, fra i tanti cerusici chiamati a consulto, aveva capito di che cosa si trattava, e piú il tempo passava, piú si assottigliava la speranza di salvarlo. Fu allora che proprio il vescovo suggerí di rivolgersi a Cencia...

– Ma se la voleva brucia'!

– Eh, mia cara, – rise il principe, – il vescovo prestava soldi a usura, e Sigismondo era indebitato sino al collo. Morto lui, estinto il debito, perché l'usura era peccato capitale, e certo il vescovo non avrebbe potuto rivolgersi al tribunale per riavere i suoi soldi... quindi, aveva tutto l'interesse a mantenere in vita Sigismondo. Anche se questo significava scendere a patti con una presunta strega... Insomma, Cencia fu prelevata dalla celletta dove l'avevano confinata, diciamo cosí, in attesa di giudizio, e portata al cospetto del nobile Sigismondo. Le bastò un'occhiata per capire da quale malattia era affetto e quale fosse il rimedio. Cencia sapeva anche di essere l'unica che poteva salvarlo. E secondo te, Svedese, che cosa fece?

S'interruppe. Lo sguardo che ora appuntava su Sharo aveva un che di inquietante. Persino di malevolo. Lei si sentí percorrere da un brivido. C'era sempre qualcosa di non detto, qualcosa di allusivo, nelle parole del principe. 'Sto racconto, mo', che stava a significare? Era una parabola come quelle del prete quando andava in parrocchia, da bambina, ma era pure come una specie di esame. Sharo non sapeva che cosa replicare, e temeva che qualunque risposta l'avrebbe messa in pericolo.

– Io credo... ma perché lo domanda a me?

Il principe non rispose. Si affacciò sulla vallata, guardò di sotto, sembrò compiacersi dello spettacolo.

– L'afflusso mi pare superiore al previsto... dovrò impartire nuove disposizioni... Sharo, – disse poi, brusco, voltandosi, – che intenzioni hai per il tuo futuro?

Cosí, senza una spiegazione, la storia della serva e del nobile Sigismondo era stata fatta cadere, e ora l'esame si spostava su una diversa materia.

– In che senso, scusi?

– Sii sincera, ti prego.

– Ma sincera su che?

– Sharo, voglio sapere che cosa ti aspetti dalla vita.

E lei decise di essere sincera.

– Una svolta, principe.

– Sii piú precisa.

– Voglio mettere da parte un po' di soldi, e cambiarla, questa vita...

– Lo spaccio?

– Sí, non voglio farlo per sempre. Solo quello che serve a sistemarmi. A me, mia madre. E poi...

– E poi?

– Poi voglio lasciare le Torri.

Mi piacerebbe vivere in una casa come la tua, al centro della città, e scendere al bar e vedere quelle ragazze e quei ragazzi che incrocio quando vengo a trovarti... ma questo non lo disse. In un angolo della sua mente sapeva che sarebbe stata un'aggiunta superflua. Il principe l'aveva già capito da un pezzo.

– E la Svedese è d'accordo?

Ma la Svedese e io siamo una cosa sola, stava per rispondere. Poi si accorse che il principe, nel suo modo allusivo, le stava dicendo: guarda che ho capito che da quando sei diventata la Svedese sei cambiata... anzi, è stato proprio diventando la Svedese che sei cambiata... Aveva ragione. Leggeva dentro di lei, 'sto diavolone... toccava stare al gioco.

– Sí, la Svedese è d'accordo, principe, – rispose, decisa, con un filo di sarcasmo.

– Propositi lodevoli, – concordò lui, sullo stesso tono. E poi aggiunse, insinuante: – E magari... sposarti con un bravo ragazzo e fare dei figli?

– Oddio, – ribatté Sharo, d'impulso, – a questo non ho pensato, no, non lo so... cioè, sino a un certo punto pensavo che poteva essere una cosa buona, ma poi...

Poi Fabio l'aveva delusa. E nel deluderla le aveva spalancato le porte di un altro mondo. Un mondo completamente diverso. Che in fondo, a essere sinceri, Fabio c'entrava e non c'entrava. Era stato l'incontro con il principe, l'origine di tutto. Ma anche questo non c'era bisogno di specificarlo.

– Meno male, – sospirò il principe, – pensavo già che il mio diamante grezzo fosse diventato una pallina di vetro... sai, quelle con dentro tre colori che sembrano una vela...

Le lanciò un mazzo di chiavi con un telecomando. Sharo lo afferrò al volo e gli scoccò un'occhiata interrogativa.

– Le chiavi del palazzo, Svedese. Io per un po' starò in giro...

– Ecco, sparisce un'altra volta!

Il principe allargò le braccia, e sul suo volto affilato spuntò un sorriso incredibilmente dolce.

– Puoi andarci quando ti pare, anzi, se ci passi mi fai un favore...

– Principe...

– E guarda, mica ti sto offrendo di... come si dice? Spicciarmi casa... per quello c'è gente pagata apposta. No, è che l'idea di quel palazzo disabitato per cosí tanto tempo mi mette a disagio. Sapere che ti aggiri per quei lugubri saloni deserti mi farebbe davvero piacere, credimi. Comunque, fa' come ti pare. Ora, se permetti, gli ospiti stanno arrivando, e devo dedicarmi a loro. Puoi fermarti per la festa, se ti va, o se preferisci ti faccio riaccompagnare con *Faust*. Ciao, Sharo.

– Principe, – lo bloccò lei, posandogli una mano sulla spalla.

Sorpreso, lui fece un piccolo sobbalzo. Forse non gradiva essere toccato in quel modo?

– La storia di Cencia... ma come va a finire? Lei lo cura o no a Sigismondo?

– Che dire, Svedese, – sussurrò il principe, dopo averci pensato un po' su, – forse il finale di questa storia è quello che decidi tu. E forse non esiste nemmeno, un finale.

E forse non esisteva nemmeno la storia. Dopo che Renzino l'ebbe pagata per la consegna e riportata a Roma, Sharo fece un po' di ricerche in rete. C'era una montagna di roba sulla questione «brut» e «crémant», che poi sarebbe: la bollicina è meglio piú secca o piú morbida? E dato che c'era, sbirciando sui siti scoprí che la bottiglia offerta dal principe costava piú di mezzo sacco. Ma su Sigismondo e Cencia nemmeno una riga. E anche sul castello, che il principe sosteneva essere di famiglia, mah!

Che fosse antico, nessun dubbio, ma quanto alla proprietà era stato posseduto per secoli da una famiglia che portava un nome diverso, e attualmente risultava intestato a un fondo svizzero. Oh, ma che il principe diceva bugie? E poi, che diavolo significava, quella storia? Che cosa aveva voluto dirle? Alla parabola del gatto e dei topi c'era arrivata, e le era pure servito. Ma qua proprio non sapeva da dove cominciare. Però di una cosa era certa: rispetto agli altri incontri, questa volta le era rimasta dentro una nota stonata, un senso di falso. Come se il principe non fosse piú stato tanto ben disposto nei suoi confronti.

Sopraggiunsero tanti dubbi. Ora non era piú cosí sicura che lui la considerasse il benevolo colpo di vento che l'aveva salvato da chissà quale precipizio. Che, Renzino era riuscito a demolirla ai suoi occhi, 'sto infame? Però le chiavi, cosí reali, tangibili, erano lí a parlare di fiducia, amicizia. Se non affetto. E allora, perché quel retrogusto amaro?

Sharo riprese la routine. Con gli incassi che crescevano arrivò a dare una botta sostanziosa al mutuo, ricominciò a investire in bitcoin, e aprí un canale con l'Aquilotto, che nel frattempo aveva recuperato una fornitura decente di pasticche a basso costo e che aspettava la definitiva uscita di scena di Jimmy per tornare, questa volta da alleato, alle Torri. Le cose insomma marciavano, almeno in apparenza. Lei, però, era inquieta, ansiosa come mai le era accaduto. Le chiavi del palazzo sembravano emanare un alone sinistro, erano un monito minaccioso. Forse per questo non si decise ad andarci finché non fu troppo tardi.

XXVI.

Sharo si era appena vaccinata con la prima dose all'hub di Fiumicino quando le telefonò Fabio.

– Amo', se dovemo vede'.

– Te la puoi cavare da solo stasera, Fa'? Pensavo de riposa' un poco. So' stata in coda tutto il pomeriggio, so' stanca, 'sto vaccino fa un po' male al braccio...

– È urgente, amo'.

– Dove stai? Al *Caffè*?

– No. Sto sotto al ponte, quello dietro il Fossato.

– E che ci fai là?

– Niente, solo che dovemo parla'...

Sharo colse una nota di tensione, e si allarmò.

– Sicuro che va tutto bene, Fabio?

– Sicuro, amo', però datte 'na mossa, eh?

Era tutto molto strano. Si erano lasciati la sera prima, soddisfatti entrambi per l'incasso del locale. Con l'arrivo della bella stagione, il virus stava rapidamente passando da incubo a brutto ricordo. Le restrizioni erano state allentate, la mascherina all'aperto non era più un obbligo, i pischelli tornavano ad affollare i tavolini, i profeti di sciagura venivano allegramente mandati a quel paese con le loro lugubri previsioni. Roma rifioriva, e alle Torri non se l'erano mai passata meglio. Però Fabio le era sembrato stranito, preoccupato. Prima di muoversi, telefonò al Motaro, ma s'imbatté nel messaggio preregistrato, «l'utente non è raggiungibile». Lasciò un vocale dicendo che c'era un'aria che non le piaceva, di chiamarla appena possibile, montò sulla nuova moto e si avviò.

Arrivò al ponte che già faceva scuro, una bella serata, con gli odori di campagna che non faticavano a sopraffare il tanfo dei motori. C'erano due Suv parcheggiati, e una moto. Quella del Motaro, inconfondibile. Sharo si sfilò il casco. In quell'istante si illuminò un lampione rivelando alcune sagome, cinque o sei. Sharo riconobbe Fabio e il Motaro, circondati da facce ignote. Sembravano guardati a vista. Brutta aria, comunque. Una di quelle facce le sembrava di ricordarla vagamente. Sharo si avviò verso il gruppetto.

– E allora?

– Ciao, Sharo.

La voce di Fabio era esitante, impaurita. Il Motaro si limitò a un cenno del capo. Sharo mise meglio a fuoco il tipo che le era sembrato di riconoscere. Era quello che chiamavano Solandata, il cugino e tirapiedi di Jimmy.

– E allora? – ripeté, quando ebbe raggiunto Fabio.

Quello, per tutta risposta, fece un gesto vago.

– Ciao, Svedese, – disse una voce alle sue spalle.

Lei si voltò. Era Jimmy. Percepí immediatamente il senso di pericolo. Lo comunicavano il silenzio di Motaro, l'atteggiamento incupito degli albanesi, l'entrata in scena teatrale del vecchio capo, la paura tangibile di Fabio, l'ora e il luogo scelti per l'incontro.

– Ciao, Jimmy. Allora sei tornato?

– Non mi sono mai mosso, – sorrise lui.

Pareva rilassato, a suo agio. Indossava una camicia aperta sul petto e jeans. Aveva una pistola, una grossa semiautomatica col calcio cromato. La impugnava con la destra, canna puntata al suolo. C'era da giurare che anche gli altri fossero armati. Sharo cercò di mostrarsi tranquilla.

– Ti vedo in forma, Jimmy.

– Scusami, Svedese, ma prima di tutto una piccola pre-
cauzione...

Lanciò un ordine in albanese e due dei suoi si avvicinarono e la perquisirono. Constatata l'assenza di armi, la
lasciarono andare. Per un istante pensò che avrebbe dovuto portare con sé il revolver che le aveva dato il principe. Un istante, appunto. Che diavolo ci avrebbe potuto fare, con quella pistoletta, sola in mezzo agli albanesi? Che era, la scena di un videogioco? E poi, appunto,
gliel'avrebbero trovata. La situazione era pessima. Ma il
peggio era che non riusciva a capirne il motivo.

– Vedo bene anche te, – disse Jimmy. – La Svedese! Le
cose marciano alle Torri, mi hanno detto...

– Non ci possiamo lamentare, i conti sono in ordine.

– I conti, già...

No, non era una bella situazione. Jimmy ci stava giran-
do intorno, ma era chiaro che prima o poi sarebbe venuto
al dunque. E Sharo non sapeva che aspettarsi. Niente di
buono, in ogni caso. Sharo fissò Fabio.

– Puoi dirmi che c'è, per favore?

Il ragazzo incassò la testa fra le spalle. Sharo lo guardò
con più attenzione. Aveva un occhio tumefatto, il labbro
spaccato. Lo avevano pestato. Ma perché?

– Jimmy, che cazzo succede? Sei stato tu a ridurlo così?
L'albanese sospirò.

– Il tuo ragazzo se l'è cercata...

– Non è vero, – protestò Fabio.

Uno degli albanesi gli andò alle spalle e gli assestò un
pugno sulla nuca. Il Motaro chinò lo sguardo, senza muovere un muscolo.

– Jimmy, – disse lei, sforzandosi di restare calma, ma
la paura montava, – che ti ha fatto Fabio?

– Jimmy, – ripeté lui, in tono canzonatorio, – che ti ha fatto Fabio? Perché non glielo dici, eh, Fabie'?

– Non è vero niente! – sbottò Fabio. – È un'infamia! Io la roba tua non l'ho toccata, te lo giuro, Jimmy!

L'albanese che prima lo aveva colpito alzò il braccio, ma Jimmy lo fermò con un gesto deciso.

– Vedi, Svedese, – fece Jimmy, suadente, – dalle mie parti c'è un proverbio: *T'jap glishtinë e ti merr dorën...* piú o meno sarebbe: ti do il dito e ti prendi la mano... io mi sono fidato di voi...

– E hai fatto bene, – s'inserí lei, – noi...

– Non ti ho dato il permesso di parlare, ragazzina, – la bloccò lui, gelido, e poi, sul tono di prima, con un sospiro, – e voi mi avete pugnalato alle spalle...

– Non è vero!

Il tono di Fabio si faceva piagnucoloso. Sharo moriva di paura, ma se c'era una cosa che aveva capito, era che le lacrime e l'invocazione di pietà non sarebbero servite a niente, se non a trasformare la rabbia fredda di Jimmy in collera irrefrenabile.

– Sta bene, – disse, – sei incazzato. Ma io non so perché, Jimmy, davvero.

– Può darsi, può darsi, anzi, direi che forse posso persino crederti, Svedese. Tu hai cervello, lo sappiamo tutti e due... non sei tipo da fare certe fesserie... il tuo ragazzo qui, invece, – e indicò Fabio, che sembrava sull'orlo del pianto, – lui ha fatto sparire due chili di coca e tutta l'altra roba che mi reggevano gli zingari...

– No! – urlò, per l'ennesima volta, Fabio.

– Sta' zitto, – ordinò Sharo.

L'albanese sembrò apprezzare. Eh sí, la Svedese era una tosta. Ma sino a che punto, lo si sarebbe visto nel prosieguo.

– Io dico che non è vero, – riprese Sharo, – abbiamo parlato con gli zingari...

– Anche io ho parlato con gli zingari.

– E allora sappiamo la stessa cosa: che un ragazzo si è presentato a nome tuo e ha preso la roba.

– Ma io non ho mandato nessun ragazzo, – ribatté Jimmy, serafico.

– E gli zingari non hanno riconosciuto nessuno, – s'inserí lei, pronta, – quindi...

– No, tesoro, no. A prendere la roba c'è andato il tuo amichetto...

Fabio provò di nuovo a protestare. Jimmy allargò le braccia.

– Basta con questo disco rotto, Fabio. Sto perdendo la pazienza. Allora, Svedese, hai capito come stanno le cose?

Non poteva essere vero. Era una calunnia bella e buona. Della roba sparita alle Torri non s'era visto un solo grammo. Tutto quello che era entrato era dovuto a lei, agli accordi con l'Aquilotto e con Nico, alla scoperta dell'1,4-butandiolo. Fabio non aveva nemmeno l'intelligenza per pensare a una sòla di quella portata. A Jimmy, poi, che per lui era una specie di idolo! No, no, era tutto falso, tutto maledettamente falso.

– Jimmy, non è andata cosí. Fammi parlare di nuovo con gli zingari...

– Ci ho parlato io, che, non ti fidi?

– Non è questo...

– E allora cos'è?

– Qualcuno ci vuole mettere l'uno contro l'altra. Ci hanno fregato la roba, e...

– Ci hanno, Svedese? Ci hanno?

– Hai capito quello che voglio dire. Se la sono presa e hanno fatto cadere la colpa su Fabio. Ma non è andata cosí.

Sul ponte passò una macchina con lo stereo a tutto volume. Sharo riconobbe una strofa del suo amato Eggy. Ancora una volta, qualcosa a proposito del king delle Torri. Ecco, ce l'aveva davanti il king delle Torri. Maledetto bastardo.

– Quindi secondo te qualcuno si è messo in mezzo, Svedese?

– Sí, può essere andata cosí.

– Ammettiamo che sia vero. Ma intanto il danno è fatto. E la colpa è sempre vostra. Io non c'ero, dovevate vigilare e non l'avete fatto.

– Quanto...

– Stiamo parlando di almeno cento sacchi, Svedese.

Sharo respirò. Curiosamente, nel momento in cui Jimmy aveva parlato di numeri, la calma aveva preso il sopravvento sulla tensione. Se l'accusa passava da furto a negligenza, c'era spazio per negoziare, e sinché c'era spazio per negoziare, c'era spazio per sopravvivere. Era una richiesta esosa. Significava mettere un chilo di «cotta» a come minimo quaranta sacchi, un prezzo fuori mercato, all'ingrosso non poteva andare a piú di trenta-trentadue. Jimmy si stava approfittando vergognosamente, al confronto l'Aquilotto era un benefattore. Ma la Svedese sapeva che non c'erano margini. Il coltello l'aveva l'albanese, e lei era la carne.

– Posso dartene sessanta subito, e gli altri un po' alla volta. Ho qualcosa da parte, il tempo di convertire i bitcoin e...

– Un'offerta generosa, Svedese... a parte un piccolo particolare: questi soldi di cui parli li hai fatti muovendo la mia roba sul mio territorio...

– Non è proprio vero, Jimmy, e lo sai...

L'albanese non poté fare a meno di ammirare, ancora una volta, il sangue freddo della Svedese. La risposta era giusta, ed era anche stata una mossa astuta pronunciarla davanti ai suoi ragazzi. Solandata e gli altri sapevano bene che la Svedese aveva mandato avanti gli affari mentre loro si nascondevano, e dunque quei soldi, sí, erano loro, ma una parte spettava di diritto alla ragazza. Non poteva permettersi di fare la voce grossa piú di tanto, avrebbe perso prestigio. Altro sarebbe stato se avesse accusato direttamente lei del furto della roba. Per un po' aveva cullato l'idea, poi si era convinto che sarebbe stato un colpo troppo duro alla sua immagine: raggirato da una biondina venuta dal niente... no, no, decisamente troppo.

– Va bene, – concesse infine l'albanese, – ma c'è una cosa da considerare.

– E sarebbe? – domandò lei, la voce incrinata da una nuova angoscia, proprio quando la questione sembrava risolta.

– Il rispetto. Fabio mi ha mancato di rispetto.

– Lavoreremo per te, Jimmy, raddoppieremo l'incasso.

– Ma voi già lavorate per me, tesoro! Tu, Motaro, tutti gli altri... Io sono il tuo capo, il capo di tutti voi, vero?

Gli altri albanesi annuirono, decisi.

– E il rispetto, Svedese, il rispetto è qualcosa che non ha prezzo!

E poi tutto avvenne in un istante: Jimmy alzò la pistola e sparò a Fabio. Lo prese in mezzo agli occhi. Il ragazzo cadde senza un lamento.

XXVII

Al funerale di Fabietto c'erano tutte le Torri. Nessuno credeva alla versione ufficiale, che oscillava fra lo scambio di persona e l'incursione di imprecisata gente venuta da fuori. Non ci credevano le guardie, che però non avevano prove di niente, e non ci credevano i pischelli, che sull'innocenza di Fabietto ci avrebbero giurato. Ma, da un lato, anche se avessero voluto fare qualcosa, non avevano certo la forza di mettersi contro gli albanesi. Dall'altro lato, finché la roba circolava, gli affari crescevano, fra quelli che vendevano e quelli che reggevano c'era stipendio assicurato per tutti, vallo a trovare uno disposto a farsi impiccare per i begli occhi della Svedese! Certo, Fabietto, uno di noi, una fine simile non se la meritava, ma 'nfinale il mondo continuava a girare, e dopo tutta l'angoscia del virus uno c'aveva voglia di musiche piú rilassanti. Pazienza per la Svedese: non è che non le volessero ancora bene, ma da qui a farne un mito... Lei, Sharo, si lasciava scivolare la vita addosso. Tipo Lamia, quella del principe, quand'era serpente, prima di diventare donna. Una creatura incorporea, un mezzo nulla.

Al funerale non c'aveva avuto coraggio di abbracciare i genitori di Fabietto. Le sembrava che i loro sguardi la accusassero di essere responsabile della sua morte. Gli occhi spenti della madre, insaccata in un completino nero da mezza stagione che chissà che fastidio doveva provocarle, nel caldo già robusto di prima estate, quegli occhi sembravano dire: strega, se non t'avesse incontrato, povero figlio mio... Vaglielo a spiegare che era accaduto l'esatto opposto, che tutto era cominciato perché era stato Fabio a imboccare per primo la strada dello spaccio... ma tant'è: lei si sentiva responsabile. In qualche modo oscuro, forse perché aveva coltivato propositi di grandezza, s'era montata la testa, anche quell'idea di trattare a tu per tu con Jimmy... sul momento s'era illusa di placarlo, come aveva fatto quella volta con i figli dell'Aquilotto, e invece magari doveva gettarsi ai suoi piedi, doveva dire prenditela con me, lascialo stare a Fabietto...

Da quella sera maledetta non parlava col Motaro. Era rimasto lí fiacco, inerte, mentre macellavano Fabietto, e adesso spingeva la roba per Jimmy. Come tutti, del resto, ma c'era modo e modo. Il Motaro cercava di recuperare, la tempestava di messaggi, si faceva trovare sotto casa; ma lei niente, una sfinge. Nemmeno se la sentiva di condividere il senso di colpa. Maledetto Jimmy, maledetto Motaro, maledette Torri. Aveva rastrellato tutti i risparmi per raggranellare sessanta sacchi, con i quali aveva pagato la prima rata del debito. Ma una delle piú importanti blockchain dove aveva parcheggiato i bitcoin aveva chiuso i battenti, e c'era stata una perdita secca di ventimila. Con lavoro furioso e consegne supplementari aveva fornito a Jimmy altri venti, ma la meta restava ancora lontana. L'albanese era diventato il famoso gatto che giocava coi suoi topolini: tutta la rete dello spaccio faceva direttamente capo a lui e ai suoi. La Svedese era stata degradata da capitano a soldato semplice. Lei aveva pensato alla vendetta. Aveva pensato di spargli. Ma sapeva che, al dunque, non ce l'avrebbe fatta. Anche se riviveva cento e cento volte la scena di Fabio, la sua caduta come al rallentatore, il suo sguardo sbigottito.

Quella era la morte, dunque! La morte che da quella sera
le si era attaccata addosso, un nebuloso nulla che l'avvolgeva. Una dimensione gassosa nella quale ogni movimento costava un'immane fatica. Ed era, soprattutto, vano.

Pensava spesso al principe, al motto inciso sul palazzo. Feroce a feroci. Facile a dirsi, bisognava sentirsele
dentro, certe cose, esserci nate. Il principe andava e veniva, ma anche se ci fosse stato in che modo avrebbe potuto aiutarla? Ed era disposto a farlo? Quelle incursioni
nel centro, il castello, il volo in elicottero... Era come se
tutto fosse accaduto in sogno. Sí, un sogno a cui faceva
seguito un brusco, terribile risveglio. Se non l'avesse mai
incontrato! Se quella sera avesse detto di no a Fabio. Se,
se... i miracoli non esistono. Non si torna indietro. Nuo-
tava in un mare perfido e ostile. Galleggiava, in attesa di
approdare o di annegare. Non sarebbe durata in eterno.

A fine mese, fu convocata per l'ennesima volta dall'albanese. Jimmy era ancora latitante, ma andava e veniva
dalle Torri, coi suoi Suv e le sue guardie del corpo, come
se non lo fosse. Sicuro godeva di qualche protezione, perché una vita cosí alla luce del sole, forse, non l'aveva fatta manco prima. La ricevette, addirittura, al *Caffè*. Dove
aveva piazzato il cuginetto Solandata, ancora incensurato,
e altri dei suoi.

– Svedese! Che piacere vederti!

Lei annuí appena. Si sentiva sporca, stanca, trasandata.
E non aveva voglia di recitare.

– Svedese, siamo sotto di ventimila.

– Lo so.

– Hai una settimana di tempo.

– E dopo che mi fai? Mi spari, come a Fabietto?

L'albanese la guardò con aria di commiserazione, scuotendo la testa.

– No, ci rimetterei. Diciamo che potrei buttare dalla finestra la tua cara mammina. Tanto per mettere le cose in chiaro. O farti scopare da dieci bei cazzi albanesi e poi metterti a battere sulla Pontina. Scegli tu. Una settimana, Sharo.

Jimmy era passato alle maniere forti. Prima o poi doveva accadere. D'altronde, perché non avrebbe dovuto? Era il capo, faceva e disfaceva a suo piacimento. Non si fermava davanti a niente, Jimmy. Non era solo questione di potere. C'era qualcosa di bacato, dentro di lui, un umore guasto che aspettava solo il momento propizio per emergere. L'esercizio dell'arbitrio lo esaltava. Sharo sapeva che anche se gli avesse procurato i venti sacchi, poi sarebbero arrivate altre pretese. E infine, a un certo punto, si sarebbe stancato del gioco e si sarebbe liberato di lei. O, forse, si sbagliava. Forse era il potere in sé a non poter fare a meno della sopraffazione.

Quell'incontro fu come una doccia gelata. Una benefica doccia gelata. Doveva reagire. Doveva fare qualcosa. Prima che quella merda la distruggesse. Denunciarlo? Avrebbe pagato anche lei, che di reati ne aveva commessi. E poi, le avrebbero creduto? In ogni caso, sarebbe passata per infame, e alle Torri gli infami hanno vita breve. Andar via dalle Torri? E con che soldi? No, intanto aveva bisogno di tempo. Rimediare quei venti sacchi. Elaborare un piano. Voleva, furiosamente voleva il sangue di Jimmy. Voleva, doveva fargli del male. Intanto, i venti sacchi. C'era un modo per procurarseli. Non le piaceva, anzi, a dirla tutta, era un vero schifo. Ma era l'unico modo. E lei aveva bisogno di quei soldi! Affrontò a muso duro il Motaro e gli offrì l'opportunità di riscattarsi.

XXVIII.

Entrarono nel palazzo poco prima di mezzanotte. Dall'ingresso principale. La strada era deserta, cadeva una pioggerellina improvvisa, da qualche finestra aperta filtravano la luminescenza dei televisori e il suono ovattato di un allegro battibecco di voci. Il Motaro non credeva ai suoi occhi.

– Ma allora è vero che c'hai le chiavi! E te l'ha date 'sto principe!

– Te l'avevo detto.

– Me sei sicura che nun ce sta nessuno?

– Ho telefonato dieci volte, stai sereno.

– Certo che 'sto principe è proprio matto! E tu manco ce sei annata a letto?

– Motaro, t'ho detto de statte zitto, va bene?

E cosí la Svedese non mentiva. Diciamo che erano ospiti non previsti, ma comunque non intrusi. C'ho una cosa mia da riprendere, è tutto a posto, aveva detto. Quasi quasi toccava crederle.

Una casa cosí il Motaro non l'aveva mai vista. Manco nei video della trap, dove pure abbondavano arredi e simboli del lusso. Intuiva, senza poi rendersene pienamente conto, che quei mobili, i divani, le statue, i quadri, i ninnoli, i marmi, le maioliche, le fotografie nelle cornici ovali, non erano che lontani parenti della roba che, per dire, si comperavano tipi come l'Aquilotto o Jimmy. Questa era una ricchezza di genere diverso. Metteva soggezione.

Spaventava persino. Con lo zainetto che portava a tracol-
la, urtò sbadatamente un gattino di cristallo. Cadde su un
tappeto, con un rumore sordo.

– E sta' attento!

– Nun l'ho fatto apposta, Sharo!

Si chinò e raccolse l'oggetto. Si era scheggiato da un lato. Pazienza. Lo posò su un tavolino, fra una teiera e una
specie di vaso cinese, poi ci ripensò e lo mise nello zaino.
Anche se mezzo rovinato, qualcosa ci si poteva tirare su.
Sharo non se n'era accorta. Andava dritta per la sua strada. Con una noncuranza che metteva invidia. E si vede
che c'era abituata. Be', a lui stavano venendo altre idee.
Tipo, fargli uno sfregio qua, un taglietto là... cominciava a capire quei ladroni che dopo aver fatto lo sgobbo in
certe case lasciavano un ricordino solido e puzzolente...
era un modo di dire: ma chi cazzo ti credi di essere, eh?
Io so' passato de qua e te lo faccio sapere, t'ho fatto pia-
gne, sta bene? Ma se si fermava davanti a qualche brutta faccia di vecchia di trecento anni prima dipinta con un
cane pieno de pulci in braccio, Sharo lo tirava via, nervosa e imperativa.

Lui a Sharo ci teneva, chiaro. Gli era entrata dentro
sin dalla prima volta che si erano incontrati. Una pischella
linda e pinta di sedici anni con l'aria della studentessa seria, ma dentro agli occhi si leggeva quel fuoco... il Motaro
aveva allungato le mani, e si era beccato uno schiaffone.
Lei non poteva ricordarselo perché era carnevale, e lui portava una maschera da teschio. Però l'aveva capita. Con lei
non dovevi scherzare. Mo' stavano sotto a quel pecoraio
di Jimmy, ma dalle tempo, alla Svedese... E il principe?
Chissà che storia c'aveva veramente, co' 'sto principe. Dice che gli piacevano i maschi e quindi non c'era stato niente di serio. Il Motaro ci credeva e non ci credeva. Che, si

lasciano le chiavi di casa cosí a una che te porta la roba...
perché era di questo che si trattava, in fondo...

– Secondo te mi assomiglia?

La domanda di Sharo lo distolse dai suoi pensieri. Era
ferma davanti a una specie di busto, sembrava un mezzo
manichino di quelli che al centro commerciale ci mettono
sopra i cappelli e altre cose di donne. A guardare meglio,
era una statua. Con dei capelli curiosi, e dietro uno sbre-
go sulla schiena, come se portasse un costume da animale.

– A te? 'Sta cosa? E chi lo dice?

– 'Sta cosa si chiama Lamia, – spiegò lei, con un certo
disprezzo.

– E che nome sarebbe? Che, è ebrea?

– È una donna-serpente. Roba dell'antica Grecia.

– Davero? Me pare Batman vestito da donna! Comunque... Piacere, Lamia, io so' Luca, ma me chiamano Motaro, – scherzò lui, – me dispiace, Lamia, ma secondo me
con la Svedese tu non c'entri proprio niente, e lei è molto,
molto mejo de te...

A Sharo scappò un sorriso. Il Motaro, Fabio... le voci
del suo mondo... qui, nella dimora principesca... com'era
tutto stonato, fuori fase...

– Ammazza quanto pesa!

– Rimettila giú, Mota'.

– Sharo, magari vale un sacco di soldi. Se vuoi, ce la
portiamo.

– È una copia, non vale la pena.

– Se lo dici tu...

– Andiamo, va'.

– E che fretta c'è? C'amo le chiavi, il principe è amico
tuo, nun c'è furto, nun c'è danno...

– Non è una visita di cortesia. Prendiamo quello che ci
serve e ce ne andiamo.

Il Motaro rinunciò a obbiettare. Dopo tutto, il capo della spedizione era lei. Scesero attraverso una scala interna. Il Motaro si aspettava una cantina o qualcosa di simile, e invece era un altro appartamento, anche questo arredato a puntino. C'era una sala grande con una ventina di poltrone e uno schermo – morte', il cinema in casa! – e una specie di taverna con un camino e un grosso tavolo da biliardo. Sharo si diresse alla rastrelliera, tirò una stecca, svelando un pannello mobile che occultava una piccola cassaforte. Il Motaro non credeva ai suoi occhi. Manco l'ultima serie co' Arsenio Lupin! Ma le sorprese non erano finite. Il Motaro cominciava a chiedersi come avrebbero fatto a forzare la serratura, quando Sharo, in pochi secondi, aprí la cassaforte.

– Ma che, sapevi pure la combinazione?

– Prendi.

Senza degnarsi di rispondere, Sharo gli passò un fascio di banconote.

– Sharo, a occhio e croce saranno...

– Conta.

Il Motaro obbedí. Erano tutti tagli da cento, duecento e cinquanta euro.

– So' quindici sacchi...

Sharo, sempre china nel vano della cassaforte, prese altre banconote, le contò e poi le porse al Motaro.

– Con queste fanno venti.

Le banconote andarono a raggiungere il gattino di cristallo. Il Motaro sbirciò da sopra le spalle di lei.

– Sharo, là dentro ce stanno almeno altri venti testoni.

– E allora?

– E quelle so' bocce de «Gina».

– Lo vedo da me, Motaro.

– Voglio dire, visto che se trovamo...

– Non se ne parla. Abbiamo preso quello che ci serviva. I venti per Jimmy e basta cosí.

– Ma perché?

– Perché sí, e mo' piantala di rompere.

Ma lui non se ne dette per inteso. Le girò intorno, tuffò le mani nel vano della cassaforte, arraffò un'altra manciata di banconote e una boccia di «Gina» e depositò il tutto nello zainetto.

– Ma sei scemo? Rimetti a posto, Mota'!

– Daje, Sharo: questa nun è roba tua che ti stai riprendendo...

– Cambia qualcosa? È un prestito! Prendo quello che mi serve e appena posso lo restituisco.

– Ma famme ride! – E qui lui si fece serio, o almeno cercò di sembrarlo. – Prestito! Qua stamo a ruba'... io nun ce credo che 'sto principe la prende a scherzo... è tanto se non chiama le guardie...

– Non lo farà. Rischia troppo.

– È uguale, Sharo. Dopo stasera, col principe hai chiuso. E allora tanto vale portasse avanti col lavoro, no?

Con la sua ruvida logica da coatto, il Motaro la stava riportando alla realtà. Ma sí, ma che si credeva, povera Svedese! Il principe si sarebbe sentito tradito. Il Motaro non aveva tutti i torti. Eppure, ancora esitava.

– Che poi, – il Motaro incalzava, eccitato, – ripaghiamo Jimmy, e con quello che avanza e tutta 'sta «Gina» possiamo alzare altri venti-venticinque sacchi solo per noi... cambiamo zona, lassamo perde' le Torri... l'hai sempre detto, no, che le Torri te fanno schifo...

– Il ragionamento del tuo amico non fa una piega, Svedese...

La voce del principe suonava beffarda, con un fondo di amarezza. Sharo l'aveva riconosciuta subito. Mentre il

Motaro si girava, fra lo spaventato e lo sbigottito, lei se ne restò ostinatamente di spalle, fissando la cassaforte aperta.

– Oh, – strillò il Motaro, – fa' piano cor cannone, a coso!

– Ti sei portata appresso la guardia del corpo, Sharo? – ancora il principe, tagliente, questa volta.

Lei si voltò con lentezza. Il principe era su una sedia a rotelle. Indossava un kimono di seta azzurra. Accanto a lui c'era Renzino, maglietta nera e jeans. E un fucile puntato contro il Motaro.

– Oh! Ma io te conosco! Tu sei quello della televisione che è venuto alla festa der Tovaja... – sbottò il Motaro. – Ma che niente niente...

– Sí, sono io il famigerato principe. Complimenti per la memoria... ma vorrei essere lasciato solo con la mia amica Svedese, se possibile.

Renzino agitò il fucile, indicando la direzione della sala di proiezione. Il Motaro si avviò.

– Le consiglio di non azzardare pericolose iniziative, – ammoní il principe, rivolto al Motaro. – Renzino viene dai corpi speciali, ha un'ottima mira e credo che non gli dispiacerebbe darvene concreta dimostrazione... vi raggiungeremo fra qualche minuto nel salottino della Lamia.

Renzino scortò il Motaro, annuendo. Per un istante il suo sguardo sarcastico incrociò quello della Svedese. Lei non riuscí a sostenerlo. Il principe girò la carrozzina e le fece segno di sedere su una delle poltroncine davanti al camino.

– Sta male, principe? – domandò Sharo.

– Una recrudescenza di un problema che credevo di essermi lasciato alle spalle. Ma niente di irrimediabile, spero. Allora, Svedese...

– Non avevo scelta, principe. Per me è diventata una questione di vita o di morte.

– Una scelta c'è sempre, Sharo. Bastava chiedere. Ti avrei dato tutto ciò che ti serviva.

– Chiedere? E a chi? Avrò telefonato cento volte, non risponde mai!

– Esistono i messaggi, cara. Principe, mi servono... quanto ti serve, esattamente?

– Ventimila.

– Ecco. Mi servono ventimila, potrebbe aiutarmi? Ti avrei risposto subito.

Ora che lo osservava meglio, si rendeva conto di quanto fosse sciupato, sofferente. Quella magrezza, quelle grinze sul volto... No, non aveva pensato a lasciare un messaggio, però lui non l'aveva mai richiamata. Se c'era un legame fra loro, perché lo aveva interrotto? Era stato lui a interromperlo!

– Perché, stava sempre col telefono attaccato all'orecchio?

– Aspettavo un tuo segnale, Sharo.

Ah, ecco. Aspettava il segnale. Ah, ecco come stavano le cose. L'aveva osservata, studiata, e infine l'aveva presa in trappola. Se era vero quanto le stava dicendo – e non c'era motivo di dubitarne – per tutto quel lungo silenzio era sempre stato al corrente dei suoi tentativi di mettersi in contatto. L'aveva lasciata fare, senza mai manifestarsi. Aspettava un segnale, chiaro. E il segnale era arrivato. Era l'irruzione con Motaro. Quello era il segnale. Sharo capí che si era trattato di una specie di prova d'esame. Faceva tutto parte di un disegno programmato: Lamia, Pigmalione, le chiavi di casa, la combinazione della cassaforte... il gatto e il topo... anche lui, come Jimmy. Aveva giocato con lei. Avevano giocato tutti con la Svedese.

Sentí montare una furia gelida, molto, molto piú crudele della crudeltà che provava per l'albanese. Ma era meglio cosí. In quel momento sentiva di odiare il principe. Il senso di colpa per averlo tradito svaniva. Era stata trattata come una cosa, come un giocattolo, come una cavia. Be', e allora eccolo il finale della favoletta di Sigismondo e Cencia. Lei torna, piglia una fialetta di veleno e ammazza quello schifoso.

– Non hai niente da dire, Sharo?

– Ma chi cazzo ti credi di essere, eh, principe? Dio? Vai, vieni, decidi, disponi... ho capito, sai, ho capito... ti sei divertito colla Svedese, vediamo che fa, viene, ruba, o se ne resta a casetta e aspetta la chiamata? Be', per me non è un gioco, hai capito, per me è la vita! Io non c'ho la testa d'animale sullo stemma, io non so' feroce co' chi è feroce perché me piace, io mi difendo, ma a te che te frega? T'avrei capito meglio se volevi scopa', e manco quello! Tu giochi! Hai trovato la gemellina del tuo fidanzato e hai detto, guarda Sharo quant'è bellina, mi ricorda tanto il mio primo amore... e mo' vediamo che succede, 'sta vita è cosí noiosa... le seratine cogli amichetti non mi bastano piú, vediamo che ne viene fuori da 'sta disgraziata... vediamo se sarà grata di tutto il bene che le sto facendo, di tutte le attenzioni che le sto dedicando, di tutte le belle storie che le sto insegnando... e poi, Svedese, hai pensato al tuo futuro? Svedese, non vorrai restare per tutta la vita a fare la spacciatrice? E che devo fa', secondo te, la principessa? Magari ci fossi nata! E si capisce... da quanti secoli comandate, te e quelli come te? Cinque, sei, dieci? Da quanno è nata Roma? E io so' nata ieri, ma me so' resa conto subito, imparo presto, l'hai detto pure tu, la Svedese impara presto, e te dico 'na cosa: vaffanculo, principe del cazzo, tu non hai fatto niente per me, ho fatto tanto di piú io per te... t'ho risollevato la vita, t'ho fatto spunta' il sorriso... ma mo' il divertimento è finito. A principe, chiama le guardie, famme spara', fa' il cazzo che te pare, a me non me ne frega niente!

Lo sproloquio la lasciò stremata. Le girava la testa. Ventilò per recuperare stabilità, un respiro meno convulso. Uno strano miscuglio di sensazioni l'agitava. Si sentiva invasa da un senso di potenza, si sentiva libera, invincibile. Ma nello stesso tempo – e proprio non riusciva ad accettarlo – le sembrava di aver esagerato. Era come se una parte di lei desiderasse ancora riaprire i giochi. Andiamo, principe, fa' qualcosa, non lasciare che tutto finisca cosí. Ma il principe si limitò a scuotere la testa e a issarsi in piedi con fatica, facendo leva sui braccioli della carrozzina.

– Torniamo di sopra. Ti dispiace darmi una mano?

Era incredibile! Dopo quello che si erano detti, dopo quello che Sharo gli aveva detto, il principe si appoggiava a lei, abbandonandosi con una fiducia che lei per prima sapeva di non meritare. Salirono lentamente due rampe interne. Il profumo del principe era delicato, lei era in un bagno di sudore, si vergognò dell'odore che arrivava dalle ascelle, si augurò che il principe non lo notasse. Approdarono al salottino della Lamia. Il Motaro se ne stava seduto sulla punta di una poltroncina, braccia conserte, aria tutt'altro che spavalda. Renzino lo teneva sotto tiro. Su un tavolinetto era poggiato lo zaino con la refurtiva. Renzino apostrofò il principe con tono risentito.

– Sei venuto su con quella!

– È tutto a posto, – replicò il principe.

Sharo lo aiutò a sistemarsi su un divanetto e andò a sedersi accanto al Motaro. Renzino indicò lo zainetto.

– Trentaduemila e rotti, una bottiglia di quelle che tu sai e un gatto di Lalique.

– Scheggiato, – si sentí in dovere di precisare il Motaro.

Il principe annuí. Si era fatto ancora piú pallido. Renzino spostò la mira dal Motaro alla Svedese.

– Che ne facciamo di questi due?

– Oh, se n'annamo subito, – protestò Motaro, – non abbiamo preso niente, Sharo, diglielo tu, e poi, principe, era tutto 'no scherzo... e poi mica potete chiamare le guardie, no?, con tutta la roba che c'avete in casa...

– Allora, Orso? – Renzino fremeva.

Il principe allargò le braccia e fissò la Svedese.

– Che devo fare, Sharo?

– E lo chiedi a lei! – insorse Renzino. – Lo capisci che quella è una moneta falsa? Ti stava svaligiando casa, Orso! Quando ti sveglierai da questo incubo?

– Dagli lo zaino e mandali via, – ordinò a questo punto il principe, asciutto.

– Tu sei pazzo!

– Non ho voglia di discutere, Renzo. Fa' come ti ho detto.

XXIX.

Recuperati i venti sacchi, Jimmy disse alla Svedese che la partita era definitivamente finita.
– In che senso, scusa?
– Nel senso che qua alle Torri per te non è piú aria.
E dunque: l'attico che era stato dell'Aquilotto andava liberato perché era in arrivo dalla madrepatria una cognata, poverina, incinta, e si prospettava una gravidanza complicata. Volendo, Sharo poteva tornare all'appartamento di prima, sempre che fosse riuscita a rimediare un lavoro, ma un lavoro vero, perché con la «Gina» e tutto il resto aveva chiuso. Ovviamente, i suoi contatti coi ricconi del centro storico passavano a lui. Pretese anche che lei telefonasse a ciascuno di questi, spiegando che si ritirava e che da quel momento in avanti avrebbero dovuto far capo al suo amico Jimmy. Sharo, per convenienza o forse per lealtà, non avrebbe saputo dirlo neanche lei, evitò di parlargli di Nico e del principe. Quanto al Motaro, l'albanese gli offrí di continuare a lavorare per lui, ma il ragazzo scelse di seguire Sharo.
. – Contento tu… ma poi non tornare qui a piagnucolare…
Della spedizione dal principe erano avanzati quasi tredici sacchi e la boccia di «Gina». La Svedese e il Motaro si spartirono i contanti. Sharo mandò per un mese sua madre e Irina in una casetta a Roviano, dove c'è l'aria buona, anticipando l'affitto, e fra una cosa e l'altra andaro-

no via almeno tre sacchi. Non ebbe cuore di confessare a Serenella che l'attico era perduto, e, aiutata dal Motaro, riportò nottetempo i mobili nella vecchia casa. Però non aveva alcuna intenzione di tornare a viverci. Per cinque piotte rigorosamente a nero ci mise dentro la famigliola di un cuoco egiziano con moglie e tre figli. Alla fine delle vacanze avrebbe trovato una soluzione.

Andò a stare dal Motaro, che aveva occupato tre stanze all'isola 14, ma dopo due giorni ne aveva già abbastanza dei suoi approcci. E mise le cose in chiaro: o teneva le mani a posto o gli scaricava in pancia la pistola del principe. Il Motaro abbozzò. Avanzava la boccia di «Gina». Il Motaro voleva venderla a quelli del centro, di nascosto dall'albanese. Lei la portò all'Aquilotto.

– E questa che sarebbe, Svede'?

– La colomba della pace.

– E che, nun ce lo sai che l'aquila le colombe se le magna?

Felice della battuta, l'Aquilotto si fece una grassa risata, picchiando una poderosa manata sul ventre generoso. Alle Villette, dove s'era trasferito dopo la cacciata dalle Torri, se la cavava bene. Gli affari non erano piú quelli di una volta, ma era riuscito comunque a rilevare la gestione di un baretto di quelli con la tendina a strisce di plastica e un gazebo con vasi di piantine agonizzanti. Nella calura di mezzogiorno, l'unico avamposto di civiltà nel turbinio di polvere acre che ogni veicolo sollevava dalla strada sterrata.

– E che ce dovrei fa? – domandò l'Aquilotto, rigirando fra le mani la boccia.

– La vendi.

– E poi?

– Mi dài il dieci per cento.

– E come mai tutta 'sta generosità?

– Devo ricominciare da qua, Aquilotto.

– L'albanese t'ha cacciato, eh? E s'è preso tutti i contatti...

– Non tutti. Quello buono l'ho tenuto per me. Per noi.

L'Aquilotto ostentava indifferenza, ma gli occhi brillavano di cupidigia.

– Possiamo provare, – lasciò cadere, con una smorfia di superiorità. – A occhio e croce da qui possiamo farci... cinque sacchi?

– Piú o meno.

– Vabbè, cinque piotte. Datte da fa', – concluse, restituendo la boccia alla Svedese.

– Questa è solo la prima.

– Perché, ce ne so' altre?

– Dipende.

– Da che?

– Da te, Aquilo'. Me serve un posto dove stare.

– Per te?

– Per me e per lui...

Sharo scostò la tendina e rivolse un cenno all'esterno. Il Motaro entrò, con l'aria imbarazzata. L'Aquilotto s'imbruttí.

– Io con gli infami non ci parlo.

– Te so' venuto a chiede scusa, – mormorò il Motaro.

– Scuse accettate, e mo' levati dar cazzo.

– Garantisco io per lui, – intervenne Sharo.

– E allora levateve dar cazzo tutti e due! – ruggí l'Aquilotto.

Il Motaro ci riprovò. Nuove scuse, sempre piú convinte. Aquilotto rimaneva inflessibile. La Svedese batté un pugno sul bancone del bar.

– A pische', – insorse l'Aquilotto, – guarda che stai a casa mia...

– Lo voi capi' che non si tratta solo de 'sta boccia? – scandí, decisa.

E raccontò all'Aquilotto dell'1,4-butandiolo, del sistema che aveva messo in piedi alle Torri per procurarsi la sostanza legale appoggiandosi alla povera gente che faceva gli ordini in cambio di una piotta a flacone. L'Aquilotto un po' scuoteva la testa e un po' cominciava seriamente a pensarci. Sharo sapeva essere molto persuasiva, quando ci si metteva. Diceva che aveva conservato qualche contatto al centro storico. Un po' di pasticche l'Aquilotto riusciva comunque a rimediarle, e unendo le forze... Certo, bisognava muoversi con cautela, dopo la storia di Fabietto si era capito che l'albanese stava crescendo, e si doveva evitare a ogni costo uno scontro aperto. Si poteva scambiare «Gina» con coca, e tornare a vendere alle Villette e nelle borgate vicine. Dove l'albanese non aveva ancora messo il naso. Un nuovo inizio.

L'Aquilotto soppesò il pro e il contro. Adesso aveva una sua certa stabilità, ma era poca roba rispetto ai bei tempi delle Torri. Quando Jimmy era scomparso, aveva pensato a un rientro in grande stile, ma poi le cose avevano preso una piega diversa. Canali robusti per le forniture non erano ancora saltati fuori. I calabresi erano pappa e ciccia cogli albanesi, e l'avevano parcheggiato. A dirla tutta, piú che da Aquilotto lo stavano trattando da passerotto. Una fiche sulla Svedese valeva forse la pena di giocarsela. Anche se doveva ingoiare la presenza del traditore.

– Vabbè, – tagliò corto, – ce stanno tre stanze qua sopra. So' vostre. Ma serve un'imbiancata, a quella ce pensate voi.

Sharo vendette la boccia a Nico.
– A Sha', ma che succede?

– È stato un momentaccio.

Gli amici dei quartieri alti erano infuriati. Non solo Sharo era scomparsa, ma aveva raccomandato un buzzurro arrogante che pretendeva l'esclusiva sulle cessioni. Gli amici l'avevano gagliardamente sfanculato. Avevano cambiato numero di telefono ed era chiaro che non intendevano intrattenere nessun rapporto con simile gentaglia.

– Com'è che da me nun so' venuti, i burini?

– Perché non ho fatto il tuo nome.

– E non dovevi fa' manco quegli altri nomi!

– Stavo sotto estorsione, Nico.

– E mo'?

– Mo' si riprende alla grande, come una volta.

– Ti devo credere?

– Con me c'hai mai rimesso?

– Dovrò spiegare la situazione. Farti da garante.

– E fallo.

– Però tu con me non sei mai carina…

– A Nico, e lo voi capi' che non è aria? Dài, su!

– E il principe che dice? – domandò lui, malizioso.

Sapeva della rottura, chiaro. Lei fece spallucce.

– È un po' che non ci si sente.

La vita ricominciava. Goccia su goccia, dose su dose, boccia su boccia. Poi, a metà del mese di luglio, due tizi col casco su una moto rubata fecero secco il povero Turco. Il giorno dopo, a cadavere ancora caldo, il Tovaja, il fratello pulito del morto, si presentò dalla Svedese. La beccò che usciva dalla doccia, avvolta in un accappatoio rosso, degluti distogliendo lo sguardo, perché nonostante il lutto lo spettacolo non l'aveva lasciato indifferente, e le disse che doveva parlarle.

– Mi dispiace per tuo fratello. Era un bravo ragazzo.

– Grazie.
– Ma come hai fatto a trovarmi?
– Alle Torri le voci girano.
– Dimme.

Tovaja pescò nella tasca il cellulare e le mostrò due video. E in quel preciso istante la Svedese capí che Jimmy l'albanese era un uomo morto.

XXX.

Qualcuno suonava la batteria, ma, che strano, non c'era nessuna musica ad accompagnare. Forse non era una batteria. Era il rumore di una chiave inglese picchiata sul tubo di una grondaia. No, un momento. L'acqua che gocciola nel termosifone. Incessante, continuo, questo ritmo. Dopo un po' ti ci adattavi, ah, ecco, la musica veniva dal ritmo, la musica era il ritmo, ta-ta-ta ban-ban-ban, diventava quasi piacevole... Poi esplose, improvviso, il dolore alla nuca. Come se le avessero piantato un chiodo dove il collo unisce la testa al resto del corpo. Sharo lasciò partire un gemito e aprí gli occhi. Intorno a lei un ambiente che stentava a mettere a fuoco. Colpa degli occhi cisposi. E quel dolore che a tratti era pulsante, a tratti si faceva sordo, e le fauci secche, e di colpo un senso di oppressione alla bocca dello stomaco, nausea, il respiro corto. E poi il prurito. Un prurito selvaggio al petto, fra le gambe, sulle braccia, sui talloni... La vista, almeno, un po' alla volta tornava.

Era in un letto. Un letto estraneo. Da un'ampia portafinestra aperta sul nulla penetrava la luce di un mattino assolato. Sharo era sudata. La stanza era climatizzata, il sudore le si stava gelando addosso. Cercò di alzarsi, un nuovo conato di vomito la risospinse giú. Le lenzuola avevano un odore acre, sapevano di sesso. Sensazione di unto, appiccicoso. Con uno sforzo riuscí a mettersi seduta. Il ronzio di un cellulare. Veniva da sotto il letto. Si chinò, respingendo l'ondata acida che rischiava di sommergerla. Il suo telefono era lí. Il display segnava le 11 del mattino. C'era una lunga lista di messaggi allarmati del Motaro. Si mise in piedi. Instabile, ma poteva farcela. Il martellamento ritmico dentro la testa svaniva lentamente. Subentrava il suono reale, concreto, di uno scroscio d'acqua. Doveva esserci un bagno, da qualche parte. In fondo a quella stanza da letto grande, assolata. Sharo vi si diresse. Lo scroscio cessò di colpo. Una porta si aprí. Si trovò faccia a faccia con Nico Ruggero, avvolto in un accappatoio di spugna giallo e rosso.

– Buon giorno, te sei svegliata, finalmente! Bacetto?

Si rese conto solo in quel momento di essere completamente nuda. Brandelli di ricordi cominciavano ad affiorare. Scostò Nico con una spinta e si rifugiò in bagno. Chiuse a chiave. Riuscí a raggiungere il lavabo un attimo prima dell'irreparabile. Vomitò ripetutamente. Fra un conato e l'altro, lo sentiva ridacchiare di là dalla porta.

– Liberate, che fa bene, poi te senti mejo! È la «Gina», nessun problema, passa subito...

E poi aggiunse, dopo una pausa carica di effetto: – Oh, pe' esse 'na novellina j'hai dato dentro stanotte! Ammazzate, a Svede', a te le pornostar te spicciano casa!

Era andata cosí, dunque. Dopo la chiacchiera col Tovaja lei aveva cercato Nico e gli aveva chiesto di organizzare un abboccamento con quel calabrese che le aveva presentato tempo addietro, Vito, Vitale, non ricordava il nome. Aveva cose urgenti da riferirgli. Nico l'aveva convocata in una villa sulla Cassia che, aveva spiegato, usava l'estate, quando a Roma si schiatta di caldo e il centro proprio non è cosa. Si erano seduti in un bel giardino ombreggiato da alti pini. S'intravedeva una piscina. Su un vassoio, due spritz e stuzzichini vari.

«Il calabrese ha detto che ti vede volentieri. Fra un po'
sta qua. Intanto che l'aspettiamo…»

Aveva bevuto. E il mondo intorno s'era velocemente
scontornato. Ricordava il volto eccitato di Nico chino su
di lei. Ricordava braccia. Palpeggiamenti. Qualche odore
forte che l'assaliva di colpo. Poi piú niente, sino al risveglio.
C'era cascata. Aveva abbassato la guardia e c'era caduta
in pieno. Chissà quanta «Gina» aveva messo Nico nello
spritz. Ed era diventata una cosa nelle sue mani. Mentre
recuperava lucidità sotto il getto della doccia, aggiunse il
nome di Nico Ruggero all'elenco di quelli che avrebbero
pagato. Ora sí che il motto del principe cominciava ad assumere un senso. Feroce a feroci. Restituire colpo su colpo. Lasciò che la doccia durasse un'eternità, ma per quanto
strofinasse, per quanto si inondasse di sapone, il senso di
contaminazione non si cancellava. Feroce, Svedese, feroce. Quando uscí, lo trovò sdraiato sul letto, in camicia e
jeans, che fumava una sigaretta.

– Oh, sai che diceva mia madre, Svedese? Che per
capire se una donna è veramente una bella donna tocca
guardalla quanno se sveja, a prima mattina… mo' non
sarà prima mattina, che è quasi ora de pranzo, ma tu sei
davvero uno schianto!

Faceva il gentile, la merda. Ma qualcosa nello sguardo di lei dovette metterlo in allarme, perché cambiò
immediatamente registro.

– Vabbè, non te la sei presa, no? Poi, me pare pure che
t'è piaciuto… insomma, vojo di', è stata una cosa fra amici,
Sharo, se nun te va di rifarlo te capisco, però io sto qua, ti
voglio bene, fra noi ormai c'è un legame, no?

E come no! Il legame del padrone e della schiava, di quello che t'ha rapita e di te che sei stata rapita, del pastore e
della capra! Il legame! Per quelli come Nico e Jimmy lei era,

e sempre sarebbe stata, solo la sua fica. Il principe, pensò con una fitta di rammarico, il principe era l'unico che nella sua vita... ma il principe era roba del passato. Sorrise a Nico. Chissà se fra i libri del principe c'era qualche manuale su come si fotte un nemico, chissà se fra le armi era indicata la simulazione. Sicuro.

– Oh, meno male, va'! Dài, vestiti, scendiamo di sotto che Vitaliano sta qua a momenti. Ma stavolta per davero, eh! – concluse, ridendo. Felice, inconsapevole.

Vitaliano Currò salutò Sharo con un lieve inchino e un bel sorriso che illuminò denti candidi e perfettamente allineati. Indossava una polo blu e pantaloni beige, e quando si tolse le lenti a specchio rivelò due grandi occhi azzurri che contrastavano in modo evidente con l'incarnato bruno da meridionale. Come già Sharo aveva potuto notare la prima volta che si erano incrociati, si esprimeva in un ottimo italiano e non si percepiva, se non in modo vaghissimo e remoto, alcuna traccia di accento dialettale. Era arrivato a bordo di una Tesla bianca ultimo modello. Nico lo aveva accolto con un abbraccio esagerato, al quale Vitaliano si era sottratto rapidamente. Questa, almeno, era stata l'impressione di Sharo. Poi il calabrese aveva rimproverato l'amico perché ancora non aveva installato le videocamere di sorveglianza. Nico aveva alzato le spalle.

– Tanto mo' la vendo, 'sta villa.

Ora sedevano tutti e tre nel gazebo, intorno al pokè del catering preferito di Nico. I due amici mangiavano con appetito, sorseggiando bollicine ghiacciate. Vitaliano discettava di finanza internazionale, suggeriva investimenti mirati, lamentava il calo degli affari indotto dall'effetto pandemia, però era ottimista per l'imminente diluvio di milioni che sarebbe arrivato con il Piano di Rinascita.

Sharo si limitò alla Coca Zero. L'effetto della «Gina»
svaniva lentamente. Si sentiva prostrata, e, quel che è
peggio, ancora sporca. Probabile che Nico le avesse anche
fatto fumare della Mafalda. Il gusto era alterato, le sembrava di essere circondata da cattivi odori. Si vergognava della maglietta troppo larga che Nico le aveva presta-
to; quella che indossava il giorno prima era in condizioni
pietose. Quei convenevoli le apparivano estenuanti, una
forma di tortura. Ma erano necessari. Vitaliano la stava
studiando. Nico era il garante, e doveva rassicurarlo. Anche lei studiava il calabrese. Possibile che dietro quell'aria
da fichetto si nascondesse un capo? Nico ne era certo.
Ma poteva fidarsi? Sharo aveva cose importanti da co-
municare. Era consapevole del potere delle informazioni
di cui era in possesso. E aveva anche elaborato una strategia. Come avrebbe reagito il calabrese?
   Chiunque a Roma viveva e lavorava sulla strada, dalle
Torri alle Villette passando per il centro, sapeva che i calabresi erano la vetta della montagna criminale. Si senti-
vano poco, si vedevano ancora meno, e davano l'idea di
lasciar fare, senza intromettersi troppo. Ma alla fine de-
cidevano tutto loro. Controllavano i flussi di coca, la loro
principale fonte di reddito. Tolleravano il mercato delle
droghe sintetiche perché non aveva ancora raggiunto livelli di guardia, ma erano lí, pronti a intervenire al momento
opportuno. Gli albanesi erano la loro longa manus. Sharo
si sentí improvvisamente piccola, impreparata, inadegua-
ta. Stava rischiando tanto. Forse tutto. Ma era una cosa
che andava fatta. Lo doveva al povero Fabietto. Anzi no.
Lo doveva a sé stessa.
   – Nico mi ha detto che ti chiamano la Svedese…
   Lei sorrise, e allargò le braccia, come a dire: è successo.
   – Volevi parlarmi…

Si entrava nel vivo, dunque. Sharo giocò la sua prima carta. Fissò Vitaliano in quei bellissimi occhi azzurri e gli disse che dovevano parlare loro due da soli. Nico fece la faccia offesa. Vitaliano lo congedò con un sorriso che non ammetteva repliche: i ruoli erano chiari, se non altro.

– Si dice che tu sia una persona molto discreta, Svedese.

Sharo armeggiò sul suo cellulare e gli mostrò un video.

– Questo tipo lo chiamavano il Turco, gli hanno sparato due giorni fa alle Torri. Qua sta caricando su un furgone due sacchi pieni di cocaina e qualche bottiglia di «Gina».

Lei si fece riconsegnare l'apparecchio, digitò, lo restituí al calabrese.

– Ora guarda quest'altro video. Quello vicino al Turco è Jimmy l'albanese. Controlla il Ponte e le Torri. Il Turco gli sta consegnando i sacchi e le bocce.

– Interessante, – commentò Vitaliano, versandosi altre bollicine, – ma io che c'entro?

– Quella coca e quelle bocce sono vostre. Anzi, erano vostre. Nel senso che sai come funziona: voi fornite Jimmy e Jimmy vende e vi dà la vostra parte. Tutta la roba stava da certi zingari al Fossato. Quando si è dato latitante, Jimmy ha ordinato al Turco di portargli la roba e se l'è venduta per finanziare la latitanza. Poi ha accusato del furto un ragazzo delle Torri e l'ha ammazzato. E poi ha fatto ammazzare il Turco perché sapeva troppo.

– Sí, interessante. Ma...

– L'albanese vi ha fregato una volta, chi ti dice che non lo farà ancora? Magari si sta allargando a vostre spese. Magari lui e i suoi paesani vogliono prendere il posto vostro...

– Tu come fai a sapere queste cose?

Doveva parlargli der Tovaja? Era un bravo ragazzo. Uno studente che schifava la strada. Ma era anche il fratello del Turco. E quando tuo fratello ti chiede aiuto... Doveva dire al calabrese che il Turco aveva chiesto al Tovaja di riprendere di nascosto quei video? Che dopo la storia di Fabietto si era sfogato con la sua ragazza, accusando Jimmy di infamità? Che la ragazza tirava sul grammo, grammo e mezzo al giorno, e se l'era venduto? Che Tovaja aveva deciso di cambiare città ma prima s'era confidato con la Svedese perché non avrebbe mai smesso di piangersi il fratello? Il calabrese la fissava, incuriosito.

– Le so perché sono la Svedese, – sintetizzò, alla fine.

Si salutarono con una stretta di mano. Mentre lui abbracciava Nico e montava sulla Tesla, la Svedese vomitò gli ultimi residui della notte brava. Con una sorta di gioia selvaggia che le derivava dal piacere di insozzare il prato all'inglese di Nico Ruggero.

XXXI.

U tti scurdari 'i dduve veni e a ccu ne c'apparteni.

Non ti scordare da dove vieni e a chi appartieni. Era
la frase con cui si era presentato, sedici anni prima, il cugino Achille, all'epoca fresco latitante. Vitaliano di anni
ne aveva quattordici, e prima di quell'inverno rigidissimo
non era mai stato in Calabria. Non che non avesse, se non
proprio intuito, almeno capito di che pasta fossero fatti «i
parenti di giú», quei Currò di Ambrace Soprano dei quali
in famiglia si mormorava a denti stretti. Ma espressioni
come «gente di rispetto» o «stare attenti a quelli» avevano assunto un senso concreto soltanto quando Achille
– che allora era sui quaranta – lo aveva preso per mano e
lo aveva obbligato a prendere parte al rito del capretto.
U tti scurdari 'i dduve veni e a ccu ne c'apparteni. E mentre infilava il coltello nella gola della bestia, tenuta ferma dagli altri cugini, aveva capito bene da dove veniva
e a chi apparteneva. Ne era derivata un'esecuzione per-
fetta, che gli aveva procurato applausi, lodi e un mezzo
bicchiere del vino rosso e aspro della cantina di Saverio,
un altro cugino. Il miglior bluff della sua vita: dentro si
sentiva morire, ma era chiaro che se si fosse mostrato debole il suo futuro sarebbe stato un inferno. Cose che si
intuiscono confusamente, prima ancora di capirle. L'atmosfera festosa lo aveva contagiato, e ci si era abbando-

nato di buon grado, ignorando l'aria tesa della madre e
l'imbarazzo con il quale suo padre sfuggiva lo sguardo di
Achille e cercava di tenersi il piú discosto possibile dal
resto dei Currò.

Era trascorsa cosí la settimana di Natale che l'aveva ri-
congiunto alle sue origini, cancellando tutta una serie di
luoghi comuni – chi l'ha detto che la Calabria è solo una
terra calda e assolata? Provatelo, un inverno alle falde del
Pollino, poi ne riparliamo – e consolidandone altri. Come,
per dire, che la voce del sangue non mente, perché puoi
andare a stare ai Parioli o alla Bicocca, e persino a Van-
couver o a Toronto, come i Currò di Ambrace Sottano,
ma quando 'a mamma chiama, il ritorno è imperativo. Come, per dire, che puoi far girare i milioni a Francoforte o a
Wall Street oppure edificare elaborate costruzioni a base
di criptovalute, ma quando si devono prendere le decisio-
ni che contano bisogna rimettersi all'autorità di quelli che
contano, dimenticarsi i grattacieli e le sofisticate segreta-
rie e calarsi in questa realtà di pietre, stalle, sguardi obli-
qui e cantilene di femmine perennemente vestite di nero.
Suo padre si era illuso di preservarlo da tutto ciò, ma alla
fine la chiamata era giunta e la strada era stata tracciata.

Achille, prima di lasciarlo tornare a Roma e di riprendere la via della latitanza, gli aveva spiegato quello che la
famiglia si aspettava da lui: «Studia, diventa il primo, gira il mondo, portaci sempre rispetto».

Il suo compito era stato stabilito una volta uscito dalle superiori. Vitaliano doveva far girare i soldi, ripulirli,
reinvestire gli utili, moltiplicarli. Scienze aziendali, Milano, poi perfezionamento a Londra, che come gli inglesi
non c'è nessuno, a saperli prendere. Achille sul punto era
stato lapidario: «Prenderli per il culo, si deve. Si credono
chissacché, una puzza sotto il naso! Ma a noi ci servono,

e noi ci stiamo comperando casa loro un pezzo alla volta. Eh, Vitalia', te l'immagini un giorno 'a regina che parla calabrese e mangia 'nduja?»

Achille Currò, latitante da vent'anni, che non si era mai mosso dalla provincia d'origine. Alla sua famiglia, in via diretta o indiretta, appartenevano aziende agroalimentari, complessi residenziali, bar, ristoranti e gioiellerie in mezza Europa; ultimamente, su suggerimento di Vitaliano, aveva investito anche nelle energie rinnovabili.

E adesso Achille Currò, fra i dieci ricercati piú pericolosi d'Italia, era di nuovo davanti a lui, in una giornata di caldo allucinante, sotto le fronde del sottobosco, sul patio di un casolare insospettabile, discretamente sorvegliato a vista da una mezza dozzina di uomini di fiducia, gente pronta a dare il sangue per lui. Vitaliano aveva toccato appena la testina di capretto al forno. La sola vista del cervello cotto gli dava la nausea. Achille stesso si era limitato a un po' di pane e 'nduja, intaccando appena la generosa porzione di parmigiana di melanzane. Tutti quegli anni di latitanza avevano comunque messo a dura prova la sua tempra. Era ingrassato e ingrigito, soffriva di gastrite. Si diceva che stesse alimentando una pericolosa tendenza alla paranoia.

Erano tanti, i «si dice». E tutti sussurrati in chiaroscuro, nella penombra. Achille era pur sempre «'a mamma», il capo indiscusso della famiglia e a Vitaliano risultava uno dei piú saggi della generazione di mezzo: un capo avveduto, che aveva intuito l'importanza della transizione dalla vecchia 'ndrangheta agricola al futuro fatto di relazioni internazionali e progressiva legalizzazione. Non sarebbe stato facile. Sarebbero serviti decenni per cancellare la ferocia inemendabile di quelle esistenze. Vitaliano stesso a volte se ne sentiva prigioniero. Dopo l'exploit del capretto giugulato, non si era mai piú trovato faccia a faccia con la violenza vera. Sí, aveva sentito parlare della droga, e, sí, a volte aveva dovuto incontrare emissari dei Currò di giú, tagliagole, peraltro rispettosissimi del cugino romano di don Achille, che gli avevano consegnato borsoni pieni di soldi. E certo, sapeva che c'erano accordi con gli albanesi, sapeva piú o meno chi comandava a Roma e dove. Ma i morti veri non solo non li aveva fatti: manco li aveva mai visti! Il racconto della Svedese era stato come un nuovo ricongiungimento, una nuova iniziazione, ma con un bel po' di esperienza in piú sulle spalle. E sapere che comunque la decisione finale non spettava a lui era un bel sollievo. La segreta speranza, poi, era che Achille, se avesse deciso di fare qualcosa, qualunque cosa, non scegliesse lui. Armi, roba, faide. Voleva tenersene lontano.

– Allora, cuggí, ripetimi la storia.

– E niente, Achi'. L'albanese s'è fottuto la roba e ha fatto cadere la colpa su chi non c'entrava niente. Mo' controlla due territori e si sta allargando.

– Ma si' sicuro?

– Ho fatto le mie verifiche.

– E questa Svedese?

– Non è svedese veramente, la chiamano Svedese.

– Che impressione ti fece?

– È sincera. E ha un conto in sospeso con l'albanese.

– Sempre fimmina è. Ti puoi fidare?

– C'è chi ha garantito per lei.

Achille annuí. Schioccò le dita, e un ragazzo accorse, pronto. Achille gli ordinò due sigari, uno per lui e uno per Vitaliano. Il giovane fece segno di no: ringraziava, ma non poteva accettare, era contro il fumo in linea di principio.

Achille sbuffò. Tutti signorini stavano diventando! E Vitaliano non era manco dei peggiori. Fra i parenti canadesi andavano di moda i vegani, che secondo loro ammazzare le bestie era quasi peggio che ammazzare i cristiani. Ma che cazzo! Erano appena usciti da uno scannatoio di cento morti, fratello contro fratello, e si facevano il piantarello sul povero vitellino! Ma tant'è. Servivano, eccome, quelli colla faccia pulita. Sempre che a furia di pulirsela troppo non finissero per cancellarla. Perché un poco di violenza, quella giusta, serve, quando si fanno certi affari. Se uno diventa troppo fiacco, finisce che si spaventa. Per esempio, si spaventa della galera. E quando lo prendono, invece di farsela con dignità, in grazia di Dio, nel rispetto della famiglia e della religione, si mette a cantare, e rovina chissà quanti bravi cristiani.

Vitaliano era uno da parlare o era uno della razza giusta? Be', domanda oziosa. Bisognava presupporre che la risposta fosse positiva. Altrimenti avrebbe dovuto scannarlo seduta stante. Il ragazzo portò un Toscano. Achille accese e aspirò due belle boccate.

– Aah! Sentimi... – Achille cominciò a ragionare a voce alta. – L'albanese si è allargato, e i casi sono due: o lo ha fatto da solo, o anche gli altri albanesi sono coinvolti, e allora la faccenda si fa piú seria. Perché significa che hanno qualche mala intenzione...

Come, ad esempio, espandersi sul territorio. Fra i Currò, e le altre famiglie, compresi gli albanesi, c'era un accordo che reggeva da anni. Questione di affinità culturale, avrebbe ammesso Achille, se avesse avuto a disposizione un simile linguaggio. Calabresi e albanesi avevano una cosa in comune: non esistevano pentiti fra loro. Almeno, non tanti. Non si diceva forse «fedele come un albanese»? Il rispetto della parola data veniva prima di tutto. Per questo le cose sinora avevano funzionato. Epperò... epperò se questo Jimmy si allargava... e se dietro di lui c'erano i compaesani... allora voleva dire che gli albanesi venivano meno alla parola data. E se lo facevano una volta, chi ci assicurava che non l'avrebbero fatto ancora?

– Fosse per la roba, non è cosa grave. Si poteva trattare un risarcimento. La questione è un'altra, Vitalia'...

La questione di fondo era Roma. Da quando i vecchi capi erano usciti di scena, per ragioni anagrafiche o di carcere o di piombo, la città era diventata ingovernabile. Spuntavano come funghi nuovi soggetti pronti a tutto pur di farsi strada. Giovani senza onore, cani sciolti senza regole, fatti e strafatti, ignoranti e stupidi. Intendiamoci: i giovani, si sa, sono agitati, il sangue scorre veloce nelle vene, e vuole soddisfazione. Ai suoi tempi Achille stesso era un diavolo scatenato. Ma stupido mai. Questi, invece, erano soprattutto stupidi. Si vantavano, scrivevano canzoni e si scattavano fotografie in posa da criminali e le mettevano in giro: degli autentici mentecatti. Cadevano come mosche, li beccavano a carrettate e loro niente. La società a cui Achille apparteneva aveva scelto di non immischiarsi: lui stesso gestiva grosse partite direttamente alla fonte, assicurava il carico e, una volta realizzato l'incasso, se ne fotteva del mercato di strada. Ma lascia fare oggi, lascia fare domani, ecco che ti spuntava un Jimmy oggi e magari uno domani.

Sulla questione albanesi le varie famiglie che operavano su Roma non erano concordi. Alcuni non li ritenevano capaci di spingersi sino all'insubordinazione. Achille non si sentiva tranquillo. Cominciavano a girare voci e questa di Vitaliano non era la prima storia che arrivava alle sue orecchie. L'idea che si fossero messi in testa di prendersi Roma non era poi cosí peregrina. In teoria, avrebbe dovuto consultarsi con gli altri anziani, ma l'istinto gli consigliò di agire per le vie brevi. Ci sarebbe stato tempo per rimediare, in caso di errori. Sí, bisognava capire che cosa stavano covando gli albanesi.

– E c'è un solo modo per saperlo, Vitalia'…

Bisognava agire contro questo Jimmy e dopo stare a vedere. Il grado di coinvolgimento delle gerarchie albanesi si poteva misurare soltanto dalla reazione che avrebbero avuto se fosse stato colpito uno dei loro.

Achille fissò negli occhi il cugino, gli sorrise, gli mise una mano sul ginocchio. Era giunto il momento per il ragazzo di dimostrare il suo valore. Vitaliano intuí prima ancora che la proposta fosse formulata, e cominciò a sudare freddo. Quello che gli sarebbe servito era una bella pippata. Ma la roba era rimasta a Roma, al sicuro. Guai se Achille avesse lontanamente immaginato che ne faceva uso! Era capace di tagliarlo fuori da tutti gli affari di famiglia.

– Conta su di me, Achille.

– Si vida ca 'u guagliunu è ddi nostri, – concluse don Achille. Sí, il ragazzo è della nostra razza.

U tti scurdari 'i dduve veni e a ccu ne c'apparteni.

XXXII.

– La questione di Jimmy si può risolvere.

La Svedese sgranò gli occhioni, chinò vezzosamente il capo da un lato e bevve un altro sorso di bollicine.

– E come?

– Meno ne sai e meglio è.

– Guarda che dentro questa storia ci stavo da prima di te.

Vitaliano guardò in giro, cercando di capire se qualcuno dai tavoli vicini si stesse interessando a loro. Ma le coppie che affollavano il terrazzo dell'*Hotel Supra Roma* in quell'afosa notte di fine luglio erano in tutt'altre faccende affaccendate. Anche il bellimbusto impomatato, fisico da modello e aria da ebete, che per lunghi minuti aveva fissato Sharo incurante della presenza del suo accompagnatore, sembrava essersi arreso, e si stava dedicando a una brunetta anoressica in top e minigonna inguinale. Del resto, con la disco pompata a tutto volume dalle casse non c'era pericolo di essere sentiti.

– Tu non ti devi preoccupare di niente. Adesso la faccenda è in mano mia.

– E dopo?

– Dopo che?

– Dopo che la questione, come dici tu, sarà... risolta.

– A te penserò io.

– Che è, Vitalia'? Minaccia o promessa?

– Tu mi piaci, Svedese.

La prima volta che l'aveva vista non gli era sembrata cosí affascinante. Era nervosa, sciupata, si muoveva a scatti come una tossica, la maglietta larga che indossava non metteva in risalto il personale, il volto non era male, ma non sembrava tanto diversa da decine di altre romanine di strada nelle quali si era imbattuto negli anni passati. Quella sera era tutta un'altra musica. Una star, con una camicetta discreta, i capelli con l'onda sull'occhio, il collo lungo, lo sguardo luminoso, un profumo che ti spezzava l'anima e... da quanto tempo se la faceva solo con le escort? Da quanto non aveva una vera storia? Voleva la Svedese. La voleva per quel desiderio che lo stava invadendo, come una febbre irresistibile. E l'avrebbe avuta.

– E siccome ti piaccio, ti occuperai di me...

– Certo!

– Non mi pare che hai chiesto il mio parere, però...

Colpito, il calabrese allargò le braccia. Povero Vitaliano, con la sua Tesla e i suoi occhioni di velluto. Non dovevano essere in molte a dirgli di no. E comunque: prima Fabietto, poi il Motaro, il principe, e adesso Vitaliano. Roma era piena di uomini che non chiedevano altro che mettersi al servizio della Svedese. No, meglio: offrirle la loro protezione... C'era di che esserne orgogliosa. Ma con l'orgoglio non vai lontano. Non cosí lontano come voleva lei. E poi, tutti questi qua, in fondo, volevano soltanto la loro statua. Erano tanti Pigmalioni. Il principe, se non altro, era stato sincero.

Per l'incontro con Vitaliano si era preparata con estrema cura. Era tornata a truccarsi dopo giorni in cui si era abbandonata alla sciatteria. Aveva rischiato di sprofondare, ora se ne rendeva conto. La violenza subita le urlava dentro. Il suo primo impulso era stato di sparare a Nico. E forse un giorno l'avrebbe fatto. Ma non ora. Doveva

far tacere la voce della vendetta. Doveva prima assestar-
si, diventare inattaccabile. Doveva conquistare Vitaliano.
Doveva avere la certezza di poter contare su di lui.

Si era tirata su, si era rimessa in sesto, si era immersa
nella rete, si era fatta una cultura su 'ndrangheta e affini.
Aveva letto del miscuglio terribile e affascinante di mo-
dernità e tradizione. In una rivista di zecche aveva trovato un pezzo sul clan Currò. Parlavano di un certo Achille, latitante da un paio di decenni, definito come uomo
di leggendaria ferocia. I Currò di Roma erano, o almeno
sembravano, di un'altra pasta. L'ingegnere Tancredi, buo-
nanima, e il suo unico figlio Vitaliano, manager. Seeh,
manager. Stava cominciando a farsi un'idea. Questo ragazzo un morto vero chissà se l'aveva mai visto.

– Conosco qualcuno che vuole Jimmy morto almeno
quanto noi.

Vitaliano s'irrigidí. Sharo parlava quella lingua che lui
aveva cercato in ogni modo di evitare nei primi trent'anni
della sua vita. La lingua brutale delle cose vere, non quella fittizia del mondo immaginario dei numeri nei quali si
trovava molto a suo agio. Ma ormai era arrivata la chiamata. Si giocava secondo le vecchie regole. Se al suo posto ci fosse stato Achille, la Svedese non avrebbe avuto il
permesso di aprire bocca. Un bel giorno l'albanese sarebbe scomparso, e amen.

– Gente che sa come muoversi a Roma. Gente fidata.

La Svedese insisteva. Un cameriere portò gli stuzzichini. Lei lasciò che le riempisse la flûte. Vitaliano rifletteva,
chiuso in un mutismo perplesso. Era come se la ragazza che
aveva di fronte le conoscesse, le vecchie regole. Sul proprio
territorio, la famiglia opera in prima persona. In trasferta,
o laddove, come a Roma, c'è tutto l'interesse a mantenere un basso profilo, ci si affida a professionisti a contratto.

Achille gli aveva suggerito un paio di nomi. Il progetto era
di commissionare l'azione a uno di loro. La collaborazione
della Svedese non era prevista. Certo, Achille aveva assegnato a lui la missione, e questo significava che aveva comunque libertà di manovra. Ma sino a che punto?

– Che poi, – riprese lei, incurante del suo silenzio, – se
c'è il via libera da giú si può fare anche senza di te...

– Ma che stai dicendo?

– Sto dicendo che quel pezzo di merda deve morire, e
che sta bene a te e agli amici tuoi come sta bene a me. Sto
dicendo che se ti fidi possiamo farlo insieme, presto e in
modo pulito.

Vitaliano pensò che la Svedese era una pazza. E si sentí
pazzo anche lui, mentre le diceva di sí.

La Svedese mise intorno a un tavolo Vitaliano, l'Aquilotto e il Motaro. Fu formulata una proposta, e venne ac-
cettata. Aquilotto e Motaro avrebbero pensato a Jimmy.
L'Aquilotto avrebbe cosí potuto coronare il suo sogno:
tornare alle Torri da padrone. Motaro lo avrebbe affian-
cato. Quanto a Sharo, si trasferí con Vitaliano nell'attico
ai Parioli, portandosi dietro la mamma e Irina.

L'Aquilotto e il Motaro ci misero una settimana per rin-
tracciare l'albanese. Lo sorpresero all'uscita da una bisca
sulla Tuscolana, in compagnia del fido Solandata. Già che
c'erano, innaffiarono anche lui di piombo.

La notizia del duplice omicidio suscitò molto scalpore.
Era il fatto di cronaca nera che serviva a solleticare la mor-
bosità della gente, ormai stufa del quotidiano bollettino
dei morti di Covid e delle Cassandre in camice bianco. Le
guardie si agitarono non poco, ma gli indizi scarseggiavano:
Jimmy non era proprio l'uomo piú popolare, anche sulla
strada. E gli albanesi, poi, bocche cucite. Pensavano, cer-

to, alla vendetta: ma con chi potevano prendersela? Con
i fantasmi? La Svedese e Vitaliano non commentarono.
Non ce n'era bisogno. Di nascosto da Vitaliano, col telefono che le aveva regalato il principe, chiamò il Motaro e
si fece raccontare la scena.

– S'è messo in ginocchio e se l'è fatta sotto, Sharo! Lo
dovevi vede', l'infame...

– E l'altro?

– E l'altro l'amo addobbato subito, manco s'è reso
conto...

– Adesso per un po' state alla larga, eh?

– E che problema c'è? Stamo coperti dall'amico tuo!

Nonostante tutto, non riusciva a provare quella gioia intensa che aveva assaporato nelle fasi precedenti l'agguato.
Ora l'eliminazione degli albanesi le sembrava un atto di
giustizia, giustamente consumato a freddo. E quella notte
dormí come non le capitava da mesi: serena.

Era incredibile: se pensava alla sé stessa di un anno prima, era come se si vedesse attraverso una lente deforman-
te, uno specchio magico. La grottesca Sharo di una volta,
la brava ragazza, la sorellastra della Svedese! Era diventata, né piú né meno, un'assassina. E c'era questa nuova
consapevolezza, in lei. Che la storia non era ancora finita.
Che lo stesso Vitaliano poteva essere una tappa intermedia.

Il calabrese passò qualche giorno agitato. Sapeva di aver
varcato la soglia senza ritorno che, se aveva fatto di lui,
in maniera definitiva, un vero Currò, lo stava però consegnando a una vita molto diversa da quella che aveva immaginato all'università o al college. La calma della Svedese era impressionante. Gli impediva di dividere con lei le
sue ansie. Temeva di passare per debole.

Decisero comunque di prendersi qualche giorno di va-
canza. Vitaliano suggerí la Sardegna. Lei disse che anda-

va bene. Era da tempo che desiderava andarci, aggiunse. Non ci era mai stata. Come, d'altronde, in nessun altro luogo dove valesse la pena andare. Ma questa riflessione la tenne per sé. Si era mostrata tanto docile perché un posto valeva l'altro, in fondo. Vitaliano era felice, o almeno così pareva. Da quella sera sulla terrazza dell'*Hotel Supra Roma* stavano insieme. Facevano sesso. Lui si aiutava con la coca. Rimase basito quando lei rifiutò di provare.

– Piaceresti a mio cugino Achille.

– Fammelo conoscere.

– Chissà, forse un giorno. Sicura che non ti va di fare un tiro? Per certe cosine aiuta...

– Sicura. E anche tu te dovresti da' 'na regolata.

– Non farmi la predica, la situazione è sotto controllo.

A letto ci sapeva fare. Lei doveva chiudere gli occhi e abbandonarsi ad altri pensieri. Da quella notte con Nico il piacere le era diventato estraneo. L'avrebbe mai recuperato? Vitaliano non sembrava accorgersi di quanto lei fosse assente, in certi momenti. Gli uomini non se ne accorgono mai. Ma Nico restava una questione in sospeso. Andava risolta, ora che il sangue di Jimmy e del suo compare legava lei e Vitaliano. Lo aveva rivisto, un pomeriggio. Si era mostrato ossequioso con il rampollo dei Currò e gentile con lei. Questa era l'apparenza. Poi, appena Vitaliano voltava le spalle o si distraeva, partivano sorrisetti e strizzatine d'occhio. Condividevano un segreto, ovvio, e svelarlo non conveniva a nessuno.

La Svedese capí che Nico credeva di trovarsi in una situazione di stallo. Lei non avrebbe mai raccontato della notte brava al suo nuovo amore: dopo tutto, per quanto giocasse a fare il moderno, Vitaliano Currò era pur sempre un uomo del Sud. A pagare le conseguenze di una rivelazione sarebbe stata solo la femmina. Vitaliano l'avrebbe piantata senza misericordia. Un Currò non si tiene merce avariata. Sí. Lei aveva tutto da perdere dalla verità. Be', ma lei non era una qualunque. Lei era la Svedese.

Fece cadere la conversazione su Nico, e capí che non era uno della famiglia, e nemmeno membro di qualche clan. Era una specie di collaboratore a contratto, si occupava di alcuni investimenti immobiliari, facilitava contatti. Ma non lo si poteva certo definire un intoccabile. La Svedese poteva dunque prendersi la sua vendetta. Era solo questione di afferrare l'occasione propizia.

E l'occasione arrivò. Vitaliano fu convocato in Germania per incontrare un gruppo di imprenditori intenzionati a creare una partnership in vista della prima tranche degli aiuti post-Covid. La Svedese aveva dunque tre giorni per agire. Sempre che la sorte l'avesse favorita. Si accertò che Nico fosse ancora a Roma. Attese il tramonto. Si appostò fuori dalla villa sulla Cassia. La prima sera andò buca. Luci spente, tutto buio sino a notte fonda. Nico rientrò quasi all'alba, parcheggiò il Suv contro un tronco del vialetto che portava all'ingresso principale e uscí dall'abitacolo insieme a una trans vistosa che zoppicava su vertiginosi tacchi a spillo. Non era cosa, il piano non prevedeva vittime collaterali. La sera dopo fu quella giusta. Nico uscí verso le nove, in jeans, camicia sbottonata e giubbotto leggero. La Svedese lo aspettava, appoggiata al Suv.

– E te che ce fai qua, Svede'?

Lei gli puntò contro il revolver che le aveva regalato il principe.

– Ciao, Nico.

– Ma te sei bevuta er cervello? – strillò lui, bloccandosi all'istante.

– Bella la patacca che c'hai al polso.

– Sharo, ma che...

– Levate l'orologio.

– Ma che, te sei messa a fa' le rapine?

Cercava di buttarla sullo scherzo, ma era terrorizzato. Lo sguardo di lei era persino troppo eloquente. Gridava odio. Odio e vendetta.

– Levate 'sto orologio, per favore.

Nico eseguí.

– Gettalo per terra. Bravo. E adesso il portafogli.

– Sharo...

– Sí, Nico?

Lui cominciava a capire. Pallido, giunse le mani, assunse un tono lamentoso.

– Se è per quello che è successo, io me scuso... sai come vanno 'ste cose, 'a roba sale e uno nun se controlla, però, Sha', dimme quello che voi e io lo faccio, però, te prego, co' quella pistola sta' calma...

Eh, sí, un barlume di consapevolezza si faceva strada, finalmente. Persino un decerebrato come Nico stava a capi' la sonata, rifletté la Svedese. Di colpo, la pistola si trasformò in un peso insopportabile. Questo era il momento dell'azione. Doveva decidersi, per la miseria. Non poteva restare ancora troppo a lungo cosí, all'aperto. Sí, erano piú o meno in campagna, ma non si poteva mai sapere... E Nico stava riprendendo fiducia, colore, e cercava di parlamentare... Basta, Svedese. Basta esitare. Impugnò l'arma con le due mani, come le aveva insegnato il principe, e sparò al ginocchio destro di Nico. Centro. Lui cadde tenendosi la gamba. Urlava e gemeva.

– Ma tu sei matta! Aiuto! Aahhh... ma che cazzo...

– Le dovevi mettere quelle videocamere, Nico... – ironizzò lei, gelida, ed esplose un altro colpo, questo a vuoto. – E mo' pensa bene a quello che dirai alle guardie...

– Niente. Non dico niente, te lo giuro, ma chiama l'ambulanza, te prego…

– Bravo, cosí mi piace. Perché 'na parola sbajata, e magari io finisco al collegio, ma poi la verità viene fuori, e tu lo sai che Vitaliano non la prenderà bene…

– Chiama l'ambulanza, cazzo, sto a mori'…

– Ma piantala! Che ne sai tu della morte! Ricordati: so' passati du' balordi, t'hanno minacciato, te sei difeso, t'hanno sparato e t'hanno ripulito… l'ambulanza chiamala da te, il telefono nun te l'ho toccato…

La Svedese risalí sulla sua moto, indossò il casco, si avviò senza fretta verso Roma. Prima di rientrare a casa, gettò orologio e portafogli nel Tevere. Cenò con una pizza e una birra. Telefonò a Vitaliano e gli disse che le mancava, e lui giurò che avrebbe fatto l'impossibile per anticipare il rientro. Per qualche strano motivo, prima di sprofondare in un sonno massiccio e immobile, pensò che il principe sarebbe stato orgoglioso. Al ritorno da Francoforte, Vitaliano andò a trovare l'amico ferito. Lei lo accompagnò in clinica ma non entrò nella stanza, perché, disse, le dispiaceva troppo per il povero Nico.

– Secondo me, erano tossici, – commentò Vitaliano, dopo la visita, – questa città sta diventando un incubo!

– Lui come sta?

– Come vuoi che stia? Ti saluta, comunque.

Poi, insieme, salirono sul volo privato per Olbia.

XXXIII

Erano nella suite di un albergo a, boh, non le aveva nemmeno contate, quante stelle c'erano. Vitaliano era di casa. Dottore qua, dottore là. In quattro giorni le aveva presentato mezza Costa Smeralda vip. Si usciva in barca sorseggiando champagne e piluccando aragosta, e sui vassoi svettavano torri di cocaina. Stanca di essere guardata come un animale esotico, la Svedese aveva cominciato a fingere di pippare. Disperdere la roba non era impossibile. Qualche grano di polvere poteva pure rimanerci, ma bastava un'energica soffiata di naso per liberarsene. Le conoscenze di Vitaliano spaziavano dall'imprenditoria al mondo del cinema, passando per il contorno di sportivi e soubrettine. Tutti parlavano ossessivamente di soldi, si lodavano l'un l'altro e sputavano veleno su chiunque non appartenesse alla cerchia. Vitaliano le spiegò che investire i soldi di quella gente era l'ottanta per cento della sua attività, e che nel suo lavoro era bravissimo.

– Cioè, quando ci mischi i soldi della famiglia tua nessuno se ne accorge.

– E certo, i patrimoni si confondono, e tutto fila liscio. Poi io li aiuto a diversificare...

– I tuoi.

– Anche questi qua. Faccio nascere imprese, e altre ne faccio morire quando non servono piú.

Tutto si basava su due principî fondamentali: l'appartenenza – si doveva sapere chi sei e quanto conti – e la riserva aurea. La compagnia di giro sapeva benissimo chi era Vitaliano, e lo accettava senza farsi troppi problemi. Certo, c'erano alcuni piú discreti. Nomi eccellenti, che avrebbero rischiato piú di una paginata sui siti di gossip. Erano quelli che mandavano avanti la baracca – parole di Vitaliano – e si facevano vedere esclusivamente da pochi intimi, e quando serviva. Andavano e venivano in elicottero, e li incontravi se erano loro a chiamarti. Quando a volte Vitaliano spariva per una mezz'oretta, e non era andato a farsi un tuffo o un Moijto, era per vedere uno di questi pescecani. Allora Sharo restava sola e le toccava sorbirsi, alternativamente, le avance dei maschi e le frecciatine delle femmine. L'avevano presa per una mezza escort, 'na zoccola, insomma. Una di quelle che si aggregavano quando mogli o accompagnatrici ufficiali venivano dirottate sul bridge o accusavano un mal di testa o si appartavano a loro volta con qualche ragazzotto muscoloso. Appariva chiaro dalle occhiate della banda, libidinose o sprezzanti che fossero.

Le premure di Vitaliano, il suo averla presentata come «la mia ragazza», non erano prese seriamente in considerazione. Davanti a lui erano tutte moine e salamelecchi, perché lo temevano, in fondo veniva da quel certo ambiente. Ma dietro c'erano solo ferocia e maldicenza. Dal suo canto, la Svedese ricambiava ampiamente, mostrandosi altrettanto sprezzante e, all'occasione, altezzosa, se non proprio cafona. FEROX AD FEROCES. Ma il peggio è che trovava quella gente di una noia mortale.

L'unico brivido di emozione, nei primi giorni, lo aveva provato durante un'escursione in barca. Era stato quando una coppia di delfini li aveva affiancati, nuotando per un bel tratto al loro fianco. Le si era mosso qualcosa dentro.

In quello spettacolo di sovrana bellezza aveva sentito un soffio di autenticità, di verità, che l'aveva contagiata. Poco dopo, era stata avvistata un'enorme tartaruga Caretta Caretta. Incedeva placida, antica. Sharo si era tuffata senza avvisare nessuno. Voleva ritrovarsi nella stessa acqua di quella creatura, sentirsela sulla pelle, lasciarsene invadere. Le risuonava in mente un'altra parola che doveva aver rubato al principe: regalità. Ovviamente la bestia si era allontanata a tutta velocità, infastidita dall'intrusione. La bravata, in compenso, aveva costretto il pilota, Cicci, un gioielliere di Cremona, a una brusca inversione di rotta. C'erano stati malumori.

Mentre risaliva a bordo, Sharo aveva pensato che la situazione sarebbe piaciuta al principe. Si rese conto che le capitava sempre piú spesso di guardare il mondo dalla prospettiva che lui le aveva istillato. Ecco, il principe, quei tipi, li avrebbe definiti ordinari e prevedibili: aggettivi che aveva imparato da lui.

Si erano lasciati male, e per sempre, credeva Sharo. Nel frattempo erano successe tante cose. Pensava che lo avrebbe dimenticato presto, ma quello strano uomo era stato la presenza piú importante della sua ancor breve vita. Le mancava. Le mancava al punto che, il giorno dopo l'arrivo, era convinta di averlo visto. Se ne stava sulla rotonda dell'*Incredible*, il club esclusivo – ma lí era tutto esclusivo – dove a una certa ora sbarravano le porte e si poteva ballare e folleggiare in barba a tutte le restrizioni del virus. Si era sul far del tramonto, quando aveva creduto di scorgerlo, ascoltava con aria distratta le chiacchiere di una cretina di Milano a proposito di rifarsi le tette. L'aveva subito piantata in asso, ma il tempo di circumnavigare la rotonda scansando camerieri e comitive di ritorno dalle piscine o dalla spiaggia e l'aveva perso. A ogni modo, doveva essersi sicuramente sbagliata. L'ultima volta che si erano incontrati, Orso era sulla sedia a rotelle, sofferente, malato. Questo tizio era tonico, piú giovane. Si era sicuramente sbagliata.

Invece no.

Il sesto giorno dallo sbarco in Costa, Vitaliano le disse che doveva assentarsi per un problema di famiglia, urgente.

– Vengo con te, – si offrí lei, d'impulso.

– Veramente, Sharo…

– Non ho intenzione di ficcare il naso nelle tue questioni private. Torno a Roma con te e mi ci fermo. Qua da sola non ci resto.

– Ma se abbiamo tanti amici!

– Amici?

Vitaliano allargò le braccia.

– Be', sí, ci conosciamo da tanto… vedrai che un po' alla volta ti piaceranno…

Dipendeva da questo: in che misura era disposta a concederglielo, questo «un po' alla volta»? E poi: era disposta? Vitaliano giurò che se la sarebbe sbrigata in un paio di giorni. Sharo si lasciò convincere.

XXXIV.

Vitaliano arrivò alla masseria intorno all'ora di pranzo del giorno successivo alla partenza dalla Sardegna. Achille lo aspettava succhiando una radice di liquirizia.

– U c'è nnenti mejju d'agurizza da terra nostra, caru cugginu, puri ca 'u medicu dicia va fa 'nchianari 'a pressione du sangue... come stai? Ti vedo bene...

Vitaliano dovette pescare nelle riserve della memoria. Col dialetto era un po' fuori allenamento. Lo conosceva, chiaro, era una specie di obbligo sociale, ma quanto a praticarlo... e forse Achille, tanto per cambiare, lo metteva alla prova... dunque, l'agurizza, la liquirizia, Achille diceva che non c'era niente di meglio, anche se faceva salire la pressione, secondo il medico.

– Anche a te, Achi'.

– Non è vero, ma ci su minzogni ca fanu piaciru.

No, non stava bene, Achille. Dall'ultima volta – e non erano passati poi neanche troppi giorni – si era gonfiato, e il colorito tendeva pericolosamente al giallognolo. Per l'incontro era stata scelta una location ancora piú sgarrupata e interna, un'ora buona su tratturi infami con quattro ceffi di scorta su un Hummer blindato.

– Cchi' te diru? I carvuneri su nirvusi, ma 'a curpa è 'i nu pari 'i giudici curnuti... na vota l'avissimo conzata a modo nostru, ma mo' u ssi po fari nenti...

E qui la traduzione era superflua. La pressione investigativa cresceva, e i vecchi metodi non erano praticabili. Una donna vestita di nero aveva cucinato pasta con le melanzane e portato l'immancabile 'nduja. Dalla città Vitaliano aveva portato un'ottima bottiglia di Pinot Noir annata 2012. Achille apprezzò il gesto, ma dopo la prima sorsata lo giudicò un vino da ricchioni. Si astenne dal dirlo perché 'u guagliunu aveva avuto un pensiero rispettoso, e perché a Roma aveva agito bene, e perciò non era il caso di maltrattarlo.

– Sí, Vitalia', a Roma ti portasti bene.

Ma c'era ancora una cosa da sistemare. L'eliminazione di Jimmy si era rivelata, ex post, una scelta opportuna. Effettivamente, il morto aveva convinto una parte degli albanesi operativi su Roma che era venuto il momento di allargarsi. Effettivamente, l'intenzione di tirare un calcione nel culo ai calabresi c'era. Avevano fatto bene ad agire. Gli albanesi si erano riuniti e avevano capito che Jimmy aveva fatto il passo piú lungo della gamba. I giovani scalpitanti erano stati ridotti a piú miti consigli, perché nessuno voleva una guerra con i calabresi, i quali non solo si erano dimostrati vigili e reattivi, ma avevano anche dalla loro la legge (nel senso di codice etico delle organizzazioni criminali), perché Jimmy si era appropriato della roba – prima e gravissima infrazione – e aveva fatto ricadere la colpa su un innocente – seconda infrazione – per giunta uccidendolo – terza e meno grave infrazione.

Mentre ascoltava la lezioncina di Achille, Vitaliano pensava a quanto fossero simili, in fondo, il mondo di Achille e il suo. Per quanto ne sapeva lui, tradimento e opportunismo erano all'ordine del giorno fra gli 'ndranghetisti. Ovviamente, si trattava di accuse che andavano fatte ricadere sugli altri, chi le formulava ne era sempre immune. Achille stesso aveva pugnalato alle spalle piú di un capo, durante la sua ascesa ai vertici della famiglia. O, meglio, della federazione di famiglie che a lui facevano riferimento. Insomma, l'onore era una coperta alquanto elastica. Lo stesso poteva dirsi della finanza e dell'imprenditoria che lui frequentava. Onore e lealtà si contrattavano istante per istante, come i titoli di borsa, e la colpa era sempre di qualcun altro. Salvo poi ricordarsene quando si doveva fottere l'avversario di turno. Certo, nei consigli d'amministrazione e nei caveau non si cacciavano il coltello e la pistola, ma l'omicidio, diciamo cosí, virtuale, era comunque pratica diffusa. I criteri di selezione, insomma, si assomigliavano molto. A pensarci bene, tutto questo era rassicurante. Ti faceva sentire meno compromesso. Piú in accordo con te stesso.

– Mi capiscisti, cugino?

No. Si era distratto. Perso nei suoi pensieri. Abbozzò un mezzo sorriso e accennò qualcosa a proposito del gran caldo che confondeva la testa.

– Sta bene, te lo ripeto. Gli albanesi hanno capito la lezione, ma siccome è morto uno dei loro, devono salvare la faccia.

Achille aveva definitivamente optato per l'italiano. Voleva essere sicuro che il cugino avesse ben presente il quadro della situazione. E il messaggio era arrivato forte e chiaro a Vitaliano.

– E quindi? – chiese il giovane rampollo, con un acuto che rasentava il pigolio.

– E quindi ci dobbiamo consegnare quelli che hanno fatto il lavoro.

– La mia amica... – quasi sussurrò.

Achille lo bloccò con un gesto secco.

– L'amica tua fece il lavoro?

– No.

– E allora che te ne fotte?

– Ma è stata lei a dirmi che l'albanese ci aveva rubato in casa.

– I nostri amici crapari 'u sanno? Sanno di lei?

– No.

– E allora tu non glielo dici e vissero tutti felici e contenti.

Achille si bevve un altro calice di quell'insulso vino francese e sospirò, scuotendo la testa.

– Ma a te, cugino, dimmi, quella ragazza ti piace proprio?

– Achi'...

– Con tante brave femmine delle parti nostre che ci stanno...

– Achi'...

– Achi', Achi'... ho preso informazioni. È povera.

Ma come faceva a sapere sempre tante cose, se viveva da decenni sotto terra come i sorci, scappando da un nascondiglio all'altro, braccato da centinaia di cacciatori? Vitaliano si rendeva conto che la difesa a oltranza della Svedese poteva essere imbarazzante, forse anche pericolosa. Ma quella donna gli era entrata nel sangue. E non si può fare niente contro il sangue.

– È una forza della natura, credimi! È intelligentissima... se la conoscessi...

– E te la vorresti pure sposare?

– Io, veramente... ho accennato, ma...

– Uhiii! Una femmina che non è calabrese, è povera ed è pure intelligente! Stai messo male, cuggí...

Se era una sentenza, si poteva sperare solo che non fosse inappellabile. Anche se spesso quelle di Achille lo erano. Vitaliano era sull'orlo di una crisi di nausea. I pesantissimi maccheroni stavano impetuosamente risalendo la corrente, i succhi gastrici erano in rivolta. Da lí a un istante avrebbe vomitato l'anima sui calzoni impolverati del capo della famiglia.

– Ma che ti devo dire? – concluse, serio, Achille. – U tti scurdari 'i dduve veni e a ccu ne c'apparteni...

In quell'istante, in Sardegna, Sharo, tornando dalla spiaggia, dove aveva appena sferrato una pedata al basso ventre del gioielliere di Cremona che le aveva promesso un braccialetto «da ventimila euri, neh, bellina» in cambio di una non meglio precisata «carineria», si vide consegnare dal concierge una pianta con un delicato e misterioso fiore nero. Sul biglietto che l'accompagnava era impressa un'inquietante testa di belva, sormontata dal motto FEROX AD FEROCES. Allora non si era sbagliata. Il principe era davvero in Costa. E la invitava a cena a Villa Alberta. Se po fa', disse, fra sé e sé, con un misto di curiosità ed eccitazione.

XXXV.

– È un'orchidea. Si chiama... aspetti...
Sharo compulsò l'apparecchio che il principe le aveva
consegnato, e sforzandosi di non sbagliare nella pronuncia scandí forte e chiaro quel nome impossibile, «maxilla-
ria schunkeana».
– È una rara orchidea che viene dal Sudamerica, – concluse, orgogliosa della performance.
– Vedo che non hai perso il gusto dello studio, – commentò il principe.
– Mi tengo informata.
– È cosa buona e giusta.
– Amen.
Il principe rise e spalancò la veranda che dava sull'ampia terrazza affacciata sul golfo. Un'immensa luna gialla
sembrava contemplare con tronfio compiacimento la su-
perficie delle acque, increspata da un lieve vento d'orien-
te. Il principe era tonico e abbronzato. Nessuna traccia
di sedia a rotelle, pallore, affaticamento. Nessuna traccia di Renzino.
– Non fa piú parte della mia vita, Svedese.
– C'entro io, principe? Le cose nostre, voglio dire...
– In parte. E in parte no. Diciamo che alcune divergen-
ze si sono fatte insostenibili.
Be', se il principe non fosse stato il principe, quelle
potevano tranquillamente essere scambiate per scherma-

glie fra innamorati. Ma era stupefacente la naturalezza
con cui si erano ritrovati. Dopo tutto il casino che lei aveva combinato. Perché, diciamocelo, la colpa era solo della Svedese.

– Io me volevo scusa'…

– Hai mai visto un diamante scusarsi, Sharo?

– E questo che c'entra? So' stata una vera stronza, e
voglio che lei sappia che lo so, principe, ma era un momento che…

– I diamanti, – riprese lui, – non sono né buoni né cattivi. Sono. Semplicemente sono. E questo li rende unici.
E cosí desiderabili.

Era stato allestito un tavolo per due. Bollicine nel secchiello, tanto per cominciare, e un vassoio di certi strani
frutti di mare che due sorridenti indiani, maschio e femmina, servirono inchinandosi cerimoniosamente. Il sapore
era proprio curioso, Sharo non avrebbe saputo come de-
finirlo, e rimase stupita quando il principe le spiegò che i
percebes sono i piú piccoli crostacei al mondo.

– La vedo molto in forma, principe. È guarito?

– Forse non sono mai stato malato, mia cara. E forse lo
sono cosí spesso che ormai non ci faccio piú caso…

Furono serviti spaghetti con i ricci. Il principe parlava
del piú e del meno, come se volesse ritardare il momento
di una qualche rivelazione. Perché Sharo era sicura di non
sbagliarsi: sin da quando si erano rivisti le era apparso evidente che lui aveva qualcosa da dirle. Qualcosa di importante. Ma esitava. Perciò si teneva sul vago. La villa che
apparteneva a un artista contemporaneo che si era imposto sul mercato vendendo a prezzi esorbitanti statue scintillanti con la faccia di personaggi dei fumetti. L'approdo
previsto dello yacht della regina Elisabetta, un incredibile
mito che sfidava il tempo; ma a lui la vecchia, alla quale

pure era stato presentato, era risultata antipatica, cosí algida e in fondo vacua, esangue.

– La tradizione è un'ottima cosa, quando diventa tradizionalismo meglio passare ad altro.

E ancora: la stupidità dei nuovi ricchi che prendono d'assalto l'isola e la devastano... quanto è diventata insopportabile la moda, piegata alle esigenze del gusto degli oligarchi e dei cinesi... piú andava avanti, piú accentuava un tono affettato, piú le osservazioni si facevano sferzanti, piú il mondo veniva dipinto come un intollerabile calderone dominato dalla noia e dal cattivo gusto. Finché, alla seconda bottiglia, fu lei a prendere l'iniziativa.

– L'altro giorno ho visto i delfini. E una grande tartaruga...

Neanche lei avrebbe saputo spiegare da dove le venivano quelle parole, ma sapeva, mentre le pronunciava, che erano le parole giuste. Le parole che andavano usate per descrivere quello che aveva provato quando si era tuffata, e aveva accarezzato il sogno impossibile di trasformarsi, di diventare un tutt'uno con qualcosa di antico e di selvaggio, un'energia indomabile, un flusso che non si può catturare né irreggimentare. Assoluto, puro, innocente. E le sembrava di capire, adesso, l'allusione del principe... quel discorso sul diamante che è. È e basta... E se lei, alla fine, respirava a fatica, come squassata da un orgasmo inaudito, il principe aveva gli occhi lucidi. Sharo provò un brivido quando lui le accarezzò una guancia. Era lo stesso gesto del loro primo incontro, ma quant'era diverso l'effetto!

Un silenzio prolungato. Sharo riprese a respirare piano. Il principe allontanò con un gesto deciso gli indiani che avevano fatto capolino, nelle sue mani comparve un blister, inghiottí due compresse. Roba regolare, notò la Svedese, ro-

ba di farmacia, si vedeva dalla confezione, allora non è che
stava poi cosí bene – e sospirò.

– Quanto in fondo ti sei spinta nell'abisso?

La domanda la lasciò stranita. Abisso? Fondo? Dopo
tutta quella magia... ma che gli veniva in mente?

– Guardi che io non sto in fondo. Io sto proprio in cima!

E gli raccontò, prima che lui potesse chiederglielo, della
sua storia con Vitaliano. Che si era lasciato andare ad ac-
cennare a un legame duraturo, consolidato. Matrimonio,
insomma, anche se la parola non era stata pronunciata.

– Se le cose stanno cosí, Svedese, ho l'impressione di
avere poche speranze che la mia proposta sia accolta...

C'era, allora, una proposta. C'era un senso, c'era un
perché. Non si era sbagliata. Ne provava un grande piacere. Il principe l'aveva cercata, il principe aveva ancora
dei progetti per lei.

– Una proposta, principe?

Gli indiani fecero nuovamente capolino. Questa volta
il principe non li mandò via. Fu servita insalata di astice
con crescione di fiume, condita con aceto balsamico. Si
passò alla terza bollicina.

– Svedese, sono io che dovrei chiederti scusa. Sinceramente. L'ultima volta, quando tu e quel tuo buffo amico...

– Buffo? Il Motaro? Insomma, principe...

Ma non era il caso di raccontare troppo. Non ancora.
E forse mai.

– Sí, il Motaro... quella sera tu mi hai detto delle cose... importanti...

– Principe.

– Ah, Sharo! Quanta verità in quelle tue accuse! Sí, non
posso chiederti di essere contemporaneamente il diamante grezzo e una santa martire... e ho rischiato seriamente
di perdere l'una e l'altra... anche se di una santa martire,

in realtà, non saprei che farmene... e sí, quelli come me
governano da sempre il mondo e cadono sempre in piedi,
ma che infinita stanchezza, che tremenda monotonia co-
munica tutto questo! Di che cosa dovresti scusarti, Sharo?
Del tradimento? Fedeltà, lealtà, non sono altro che ipo-
crisia, maschere... per chi ci crede, tutt'al piú sentimenti
da gente mediocre... come quelle serate, tutti quegli incontri, le feste...

Questa volta fu lei a muovere verso di lui, a sentire l'impulso di sfiorarlo. Lasciò scivolare la mano sulla guancia.
Incontrò un filo di barba che doveva essere sopravvissuto alla meticolosa rasatura. Gli ricordò quando, bambina,
accarezzava contropelo la faccia ruvida di suo padre, e lui
rideva, fingendosi sopraffatto dal solletico. Al tocco, il
principe chiuse gli occhi.

– Quelle feste non sono niente. La dura divinità del desiderio, che pure esige il suo tributo. Ma non giudicare,
Sharo, non giudicare mai...

Poi si riscosse, all'improvviso, quasi volesse allontanar-
la da sé. E lei si ritrasse, ancora una volta stupita. Cos'era
quell'andarsi incontro e sottrarsi di colpo, che senso aveva?

– È il momento del dolce, – disse lui.

Batté le mani. Gli indiani accorsero. Il gelato fu consumato in fretta. Il principe aveva mutato pelle. Non ci fu
nessuna proposta, per quella sera. Un bellissimo ragazzo
dall'aspetto slavo la riaccompagnò in albergo. Il principe,
nel congedarla, aveva sfuggito il suo sguardo.

Il pomeriggio del giorno dopo, Vitaliano la trovò sdraiata a bordo piscina, cuffie nelle orecchie, il sole che imper-
lava di goccioline il suo corpo perfetto. Le depose un bacio delicato sulla fronte, e quando lei, che simulò di essere
sorpresa, ma in realtà l'aveva visto varcare il cancelletto

bianco e salutare il bagnino, si sfilò le cuffie, s'inginocchiò teatralmente ai suoi piedi e le porse l'anello di brillanti.

– Voglio passare tutta la mia vita con te, Sharo.

La piscina era semideserta. A godersi la performance del calabro innamorato c'erano solo due russe dall'aria annoiata che non colsero il senso della scena. O, se lo colsero, non ne rimasero particolarmente impressionate. Quanto ai due protagonisti, Sharo e Vitaliano, attraversavano entrambi un periodo di grande confusione. Lui aveva deciso di bruciare le tappe perché voleva strapparle una promessa prima dell'inevitabile crisi che di lí a poco sarebbe sopravvenuta. Sapeva che, comunque fossero andate le cose a Roma, per lei sarebbe stato un duro colpo. E sapeva di non poter affrontare l'argomento. C'era il rischio che reagisse in modo inconsulto, che azzardasse mosse imprevedibili. Non doveva accadere. Dalla riuscita dell'affare romano dipendeva il suo futuro nella famiglia. E anche quello di Sharo.

Il momento era estremamente delicato, forse stava agendo in modo precipitoso, il cugino Achille non avrebbe approvato. E non è che non ci avesse pensato e ripensato, poi le due botte che s'era pippato in camera gli avevano dato il coraggio necessario. Ma perché lei se ne restava immobile, a giocherellare con l'anello con l'aria distratta e l'espressione imbronciata?

Sharo era ancora presa dalle emozioni dell'incontro con il principe. Si era ormai convinta dell'ineluttabilità della sua storia con Vitaliano, e invece ecco che riaffioravano i dubbi, le incertezze. Certo, il principe aveva annunciato una proposta che non era poi stata formulata. E cosí lei aveva deciso che lo avrebbe stanato. A ogni costo. Ed ecco che, di colpo, Vitaliano si offre, con queste parole definitive... allora era proprio scritto che dovesse consegnarsi a lui? Lady Currò? Moglie e madre esemplare? Appena un anno prima una simile prospettiva sarebbe stata impensabile. E ora poteva considerarsi una miracolata. Eggy avrebbe detto: hai svoltato, pussy, 'fanculo alle Torri. Quante altre al suo posto sarebbero impazzite di felicità? Che cos'aveva di sbagliato, lei, che tutto questo la lasciava fredda? Da dove veniva quell'insano desiderio di farsi una bella risata e gettare l'anello in piscina? E lui che aspettava, con crescente inquietudine...

– Che bella pensata hai avuto, Vitalia'! – gli sorrise, infine.

Lui lo prese per un sí. Lei avrebbe voluto tenerlo ancora un po' sulla corda.

Piú tardi, a sera, mentre sorseggiavano un aperitivo nella famigerata rotonda, comparve il principe. Gli amici, i sedicenti amici di Vitaliano, lo videro incedere con aria sdegnosa, elegantissimo nel suo blazer e nei pantaloni bianchi, accompagnato dal bellissimo giovane slavo. La coppia non passava inosservata. Orso era un volto nuovo, per quel giro, sconosciuto ai piú. Lo si sarebbe preso per un ricco nordeuropeo. Sguardi di crescente curiosità lo seguirono, mentre si avvicinava al tavolo della Svedese e si esibiva in un perfetto baciamano. Lei gli presentò Vitaliano, i due si scambiarono un vago cenno. Il principe annuí a Sharo, e si ritirò con un sorriso il cui significato fu chiaro soltanto a lei: non è roba per te, dicevano quelle labbra sottili piegate in una smorfia beffarda, ti stai gettando via, diamante grezzo. La cosa la irritò non poco. Be', principe, tu ancora non mi hai offerto niente. E comunque, è tardi.

Ma se l'apparizione aveva destato sorpresa e sconcerto, bastò che uno, uno solo dei frequentatori della rotonda lasciasse cadere una parolina all'orecchio del suo vicino, perché il meccanismo di comunicazione si attivasse, e nel giro di pochi minuti tutti sapessero. Che cosa, esattamente, la Svedese non lo scoprí mai. Sta di fatto che le sue quotazioni conobbero un'impennata improvvisa, e lei fu elevata dal rango di mantenuta o giú di lí a quello di intoccabile. Cambiarono gli sguardi, le posture, gli atteggiamenti. Cambiò l'aria stessa intorno a lei. Vitaliano, forse, nemmeno se ne rese conto, e rimase convinto che la compagnia avesse finalmente deciso di accettare la Svedese per il rispetto che era dovuto a lui. Ma la verità era un'altra. L'omaggio del principe aveva del miracoloso. Sharo capí che quello strano uomo era molto, molto piú potente di quanto lei avesse immaginato. Cosí, quando a notte, mentre rincasavano dopo essersi sfrenati sulla pista del privé, Vitaliano le disse che non era geloso del principe, perché era chiaro che lui era dell'altra sponda, ma che curioso sí, lo era, soprattutto di sapere come si erano conosciuti, lei lo fissò con il suo sguardo piú tagliente e rispose: – Non è necessario che tu sappia tutto, caro.

Poi gli sigillò la bocca con un bacio appassionato e sbarazzino. Spesso avrebbe ripensato a quell'istante come al momento piú alto della sua relazione con Vitaliano. Il piú alto, e anche l'ultimo.

XXXVI.

Prolungarono di due settimane il soggiorno in Sardegna. Sharo si era scoperta perfettamente a suo agio nel ruolo di protagonista delle serate. Tutti le facevano dei gran complimenti. Lei si divertiva a punzecchiare le stronze che prima l'avevano umiliata e ci andava giú pesante con i maschi bavosi. Passava da una bollicina all'altra con grazia e decisione. La Svedese inafferrabile e volteggiante. Vitaliano aveva introdotto l'argomento «data delle nozze». Lei gli aveva chiesto di precisare quale sarebbe stato esattamente il suo ruolo, in futuro. Lui non aveva colto lo spirito della domanda. O forse sí, e aveva preferito ignorarlo.

– Che ruolo? Ci sposiamo. Sei mia moglie. Faremo dei figli...

Una signora, a tutti gli effetti. Quando si concedeva una lunga nuotata solitaria, le tornava alla mente il sorriso beffardo del principe. Be', pazienza. Anche lui se ne sarebbe fatta una ragione. La Svedese aveva deciso. La breve stagione della Svedese era finita. Ciao, Svedese. Adesso è il turno della signora Sharon Currò. Ciao, Svedese, caso mai se beccamo. Il volo di ritorno aveva incontrato qualche turbolenza. A Roma, per di piú, pioveva. Una grigia serata settembrina, perfido contraltare al sole indomabile che si lasciavano alle spalle.

Sharo riaccese il cellulare quand'erano già sulla Tesla, che un premuroso «collaboratore» di Vitaliano, uno dei tanti, aveva portato nel parcheggio dell'aeroporto. Un tipo piccolo e scattante, sorriso untuoso, capelli impregnati di gel. Facce simili ne aveva viste tante, alle Torri. Abbondavano fra i «collaboratori» di Vitaliano. Erano della stessa pasta di quelli delle Torri. Solo piú ricchi, nati meglio. Si sarebbe abituata facilmente alla loro presenza. Era in cima, ma si trattava di una cima non tanto diversa dal campo-base dal quale era partita. C'erano sei chiamate perse e un vocale di sua madre. Lasciata la fresca dimora di Roviano, lei e Irina si erano spostate in una masseria in Puglia. A spese di Vitaliano, ovviamente. Sua madre stava bene dove stava. Sharo non aveva fretta di sentirla. Si ripromise di richiamarla una volta a casa. Ma c'era anche un WhatsApp del principe.

«Voglio un figlio da te. Era questa la proposta. Scusa se ho tardato tanto».

Lí per lí lo prese per uno scherzo. Vitaliano le chiese il perché di quella risata, e lei inventò la scusa del pettegolezzo di una vecchia amica. Rispose al principe con una sequenza di punti interrogativi. Lui mandò un nuovo messaggio: «Parliamone. Sono serio». Allora era vero. Un figlio! Prima rise, poi si rabbuiò. Era furiosa. Maledisse il principe. Perché si era deciso tardi. Perché lei ormai aveva deciso. Perché tutto cominciava a girarle intorno. Perché aveva bisogno di tempo e il tempo mancava. Gli ultimi minuti del viaggio le sembrarono interminabili. Vitaliano era di ottimo umore. La sua capacità di non rendersi conto dello stato d'animo di chi gli stava accanto era impressionante. Arrivata a casa, si chiuse in bagno. Doveva pensare. Sua madre scelse quel momento per telefonare.

– C'ho da fare, ma', scusa...

– Sharo! Ma nun sai gnente? 'Na tragedia...

Sua madre piangeva. Piangeva e tirava su col naso. Una tragedia, aveva detto bene. L'Aquilotto e il Motaro. Sparati. Fatti secchi tutti e due. In pieno giorno. Alle Torri. Serenella aveva fatto qualche telefonata. Le Torri erano in stato d'assedio. Guardie dappertutto.

– Che devo fa', Sharo?

– Niente. Resta dove stai e nun te preoccupa'.

– E tu?

– E io che cosa? Che c'entro io?

– Ma il Motaro...

– E il Motaro pace all'anima sua!

Troncò bruscamente la conversazione. Quanto sapeva sua madre? Lei non le aveva detto niente, e Serenella da sola non ci sarebbe mai arrivata. Al massimo poteva intuire qualcosa. Aveva reagito con freddezza. La botta cominciò a salire lentamente, ma presto divenne una marea inarrestabile. Dell'Aquilotto non gliene poteva fregare di meno, ma povero Motaro! Che aveva fatto tutto per lei, alla fine. Prima Fabietto, poi il Motaro. Svedese, chi ti tocca muore.

La situazione le fu subito chiara. Erano stati gli albanesi. Avevano vendicato Jimmy. E quel bamboccio di Vitaliano, la sua millantata protezione, calabresi infidi... Si precipitò di là. Vitaliano era davanti al gigantesco televisore. Pallido, seduto sulla punta del divano. Una famosa giornalista parlava dell'ondata criminale che aveva investito Roma. Scorrevano immagini delle Torri. Facce di pischelli attoniti dietro il nastro giallo della piesse. Qualcuno lo conosceva, le sembrò addirittura di intravedere il Boccia. L'operatore indugiò per un istante sui due corpi pietosamente coperti dal lenzuolo bianco. Sharo andò a piazzarsi davanti a Vitaliano.

– Sono stati gli albanesi.

– Chiaro, – ammise lui.

– Dicevi che li avreste protetti voi! – sibilò, la voce e lo sguardo carichi di disprezzo.

Vitaliano fece segno di no. Teneva gli occhi bassi. Contrito.

– Era un prezzo da pagare, Sharo.

– In che senso, scusa?

Lui fece un cenno vago. E lei capí. Ora tutto tornava. Il viaggio in Calabria... era lí che era stato deciso tutto...

– Li hai fatti ammazzare, Vitaliano!

– Io ho cercato di evitarlo, ma non c'è stato niente da fare.

– Avevi giurato!

– Ma tu stai al sicuro, – replicò lui, con un sussulto, – davvero, ora la partita è chiusa. Per le Torri si fa a metà, noi e gli albanesi. È tornata la pace. Tu stai al sicuro. Di te manco sanno che esisti...

– Ah, è per questo che sto al sicuro, eh, perché nun esisto?

– È perché sei la mia donna, cazzo! – urlò lui. – Nessuno si permette di toccare la donna di Vitaliano Currò!

– Vaffanculo, merda!

Uscí in strada, furiosa. Se lui avesse osato seguirla, gli avrebbe cavato gli occhi. Vitaliano non si era mosso, però. Aspettava che le passasse. Sperava che le passasse. Ormai conosceva la Svedese. Se le fosse corso dietro avrebbe peggiorato la situazione. Era solo questione di tempo. Sarebbe tornata. L'avrebbe domata.

Sharo avrebbe voluto la sua moto, ma la moto non c'era piú. Le signore non vanno in moto, no? In carrozza, semmai. Sulla macchina dell'omo loro. Omo! Padrone, piuttosto. Perché che aveva fatto Vitaliano? Se l'era comperata. L'aveva barattata col Motaro, povero Motaro, che l'aveva tanto desiderata, che aveva ucciso per lei, e com'era finito! Ma questo non era stare in cima, questa era schiavitú!

Telefonò al principe.

– Sharo! Dammi la notizia che attendo, fammi felice. Accetti?

– Dobbiamo parlare, – rispose lei, cupa, – subito.

– Sono a casa, ti aspetto.

Quando si videro, gli raccontò tutto. Sin nei minimi dettagli. Il principe le disse che doveva consultarsi con una persona. Poteva restare da lui per tutto il tempo necessario. Anche per sempre, se ne aveva voglia. Lei si gettò su un divano e cadde in un sonno malato.

XXXVII.

Per tutta la giornata ignorò i messaggi di Vitaliano e della madre. Navigò freneticamente in rete, a sorbirsi la retorica sulla criminalità romana, incluso il rimpianto per i boss di una volta, quelli che loro sí la sapevano tenere la strada! Nel primo pomeriggio arrivò un tipo massiccio, sui cinquanta, capelli brizzolati e corti, piglio militaresco. Il principe lo presentò come dottor Santini. Chiaramente una guardia, ma non di quelle ordinarie. Livelli alti, intuí subito Sharo. D'altronde, al principe tutto ciò che sapeva di ordinario faceva schifo. Santini cominciò male.

– So tutto. Orso Alberto mi ha informato. Le devo dire che se dipendesse da me, non mi presterei a questa follia…

– Ne abbiamo già discusso, – intervenne il principe, tranciante, – sai quanto detesti ripetermi.

– Ci toccherà agire ai limiti delle regole, forse anche fuori dalle regole.

– E proprio tu vieni a parlarmi di regole? Devo ricordarti la storia di Banja Luka? O quella di Tripoli?

– Va bene, – concesse Santini, e poi, rivolto a Sharo, – vorrei specificare che è soltanto grazie a Orso Alberto che noi siamo pronti a intervenire.

– Noi chi saremmo? – chiese Sharo.

– Amici con i quali mi capita talora di collaborare, – rispose il principe.

Il messaggio era netto. Fermati qua, Svedese, meglio
non spingersi oltre. Guardie. Guardia pure il principe?
Possibile? Studiò meglio 'sto Santini. Sta a vedere che,
dietro la scorza del gendarme, era uno della stessa parrocchia. Ma quel nome, Orso Alberto, non sarebbe mai riuscita a pronunciarlo. Le veniva da ridere. Sí, d'accordo,
non c'era niente da ridere in quella situazione, ma Orso
Alberto, e che diamine, sembravano i cartoni animati del
secolo passato! Ora, però, il principe aveva l'aria severa.
Come per ricordarle lo scopo di quella riunione clandesti-
na. La Svedese capí che doveva darsi una regolata.

– Se sa tutto, allora mi dica che cosa posso fare per ti-
rarmi fuori da questa situazione.

– Non è detto che lei riesca a tirarsi fuori da questa situazione, signorina…

– Piantala, per favore, – ordinò il principe, infastidito
dal tono di Santini.

Quello alzò le mani in segno di resa.

– Mettiamola cosí, ok? Noi abbiamo le migliori intenzioni di aiutarla, ma lei deve darci qualcosa in cambio.
Anzi, qualcuno.

– E sarebbe?

– Vitaliano Currò.

E cosí, era tutto un dare e avere. Pure il principe. Che
delusione! Le stavano chiedendo di fare l'infame. Glielo
stava chiedendo proprio lui! La Svedese si alzò di scatto.

– Ve lo scordate. Mejo ar gabbio, mejo morta…

– Signorina…

– Ci lasci soli per favore?

Santini doveva essere avvezzo al tono del principe. E il
principe doveva avere un forte ascendente su di lui, perché abbozzò e si ritirò senza protestare.

– Svedese…

– Principe, mettiamo una cosa in chiaro. Dove sono cresciuta io c'hanno un modo de di': per l'infame lame, lame, solo lame.

– Sharo...

– Posso pure pensa', – incalzò lei, – che era tutto scritto... nel senso che la prima volta che so' venuta qua lei ha detto: mo' questa la mettiamo sotto, e poi magari ci fa fare una bella operazione de polizia...

– Ti ricordo che la prima volta che sei venuta qua tu non sapevi nemmeno che questo tuo Vitaliano esistesse!

– Ammettiamo pure. Ma dopo... no, io nun faccio l'infame!

– Ooh, e basta! – sbottò lui. – L'infame, le lame, il tradimento... a parte che il primo a giocare sporco è stato il calabrese... a parte questo, ti ho già detto come la penso. Fedeltà, lealtà... tutte imposture, e per giunta si tratta di qualità da gente mediocre. Zirconi, ecco, pezzi di vetro scintillanti. Ricordati, mio diamante, che tu sei un'altra cosa... Ascolta. Vuoi sapere com'è nata la dinastia di cui mi disonoro di portare il nome?

– M'è bastata la storia di Sigismondo, – fece lei, sarcastica.

– Be', tenuto conto che sei stata tu a cercarmi e che sto cercando di salvarti dalla catastrofe, statti un po' calmina e ascolta!

Sharo si rimise seduta, con un sospiro. Strano. A chiunque altro le si fosse rivolto in quel modo, uomo o donna, avrebbe risposto per le rime. Dal principe l'accettava. Sentiva di meritarselo. In fondo, lui era lí per lei. Oh, appena ieri le aveva chiesto di diventare la madre di suo figlio!

– È una storia breve, del resto. Il capostipite si chiamava Goffredo, ma dopo il colpo... io lo chiamo colpo, il tuo amico, quello delle canzoni che mi hai fatto sentire...

– Eggy.

– Sí, Eggy direbbe: la svolta... dopo la svolta, Goffredo si francesizzò in Godefroy... parvenu... mah! Dicevo:
Goffredo faceva il palafreniere... divertiti a trovare il significato in rete, comunque un servo, né piú né meno.
Bene. Andava a letto con madonna Lucrezia, la castellana.
I due si misero d'accordo e si sbarazzarono del castellano.
Goffredo sposò Lucrezia e da lí cominciarono le sue fortu-
ne. Poi aggiungi un vescovo compiacente che s'inventa al
volo una discendenza con tanto di stemma e annesse palle
in campo azzurro, l'abilità nel leccare gli stivali al sovra-
no potente, intuito negli affari, un certo buon gusto che
si conquista col tempo, non è che tutti ne siano forniti da
madre natura... mettiamola cosí: senza quel fortunato tradimento tu e io, oggi, non saremmo qui. Perciò... onore,
gloria, fedeltà... non sono che parole vuote. Le cose non
sono cambiate, in tutti questi secoli. A parte un dettaglio:
ai tempi di Godefroy per creare una fortuna ci volevano
generazioni, ora basta qualche mese. Le nostre parabole
si sono fatte sempre piú rapide, le nostre parabole freneti-
che... carpe diem, seize the time... Ciò che realmente conta
è il nostro essere qui e adesso, tu e io. La mia decadenza e i
miei vizi da un lato, Svedese, l'oscura legge del desiderio,
e dall'altro il tuo futuro, l'irrefrenabile richiamo della vita. E il futuro di questo figlio...

– Principe...

– Per fare un figlio oggi non è necessario andare a letto,
Sharo. Anche se ti confesso che l'esperienza mi ha tentato...

– Principe...

– Sshh! Fammi finire! Non andremo a letto. Se vorrai,
ci sposeremo. Altrimenti, provvederò comunque a te, a
tua madre, a tutte le tue necessità. Ma voglio questo figlio. E lo voglio da te.

– Ma che... – sbottò lei. – Ma perché?

– Perché, perché... il limite, l'orrore della mia famiglia sono anche la grandezza e lo splendore della mia famiglia. Secoli di crudeltà ma anche di magnificenza... pensa alla tigre: cosí pericolosa, cosí terrificante, eppure cosí splendente con quel suo manto meraviglioso... se non fosse spaventosa e nello stesso tempo bella, non sarebbe tigre... la mia casata ha fatto il male e ha fatto il bene, l'uno inscindibile dall'altro. Io sono l'ultimo. E non voglio piú esserlo. Questo figlio porterà avanti il nome, e sarai tu a farlo perché tu sei il diamante grezzo e sei la tigre, sei lo splendore e sei l'abisso. E questo figlio avrà il tuo volto, Svedese, e il volto di Lars che ho tanto amato. Che cosa vuoi che conti di fronte a tutto questo quel miserabile malavitoso?

Il principe tacque, e si abbandonò su una poltrona, come se la tirata l'avesse estenuato. Sharo si guardò intorno e intercettò lo sguardo spento della Lamia.

– Vabbè, sentimo 'sto Santini.

Epilogo

Arrestarono Vitaliano Currò una fredda sera di gennaio. Lui e Sharo uscivano da un locale in centro. Trovarono le guardie intorno alla berlina, con mitragliette e mandato di perquisizione. Vitaliano allargò le braccia, tranquillo, e lasciò fare senza opporsi, soltanto un po' seccato dal via vai di curiosi che, a onta del freddo, si andavano accalcando nella stradina. Quando da un vano ricavato sotto il sedile passeggero saltarono fuori dieci chili di cocaina, impallidí. Quel vano non poteva esistere. Qualcuno lo aveva incastrato. Si lasciò mettere le manette ai polsi senza protestare: faceva parte dell'educazione familiare, mai opporsi a un arresto, gli sbirri sono nervosi, un colpo potrebbe sempre partire, nella loro mentalità un galantuomo morto è sempre meglio di uno sotto processo, si fa prima, si risparmiano tempo e denaro e si evitano i trucchi degli avvocati. E poi, finché c'è vita c'è speranza.

La cocaina era stata un'idea del principe, dettata da considerazioni puramente estetiche: non c'è delinquente senza farina, aveva sentenziato. Santini aveva dovuto fare buon viso a cattivo gioco. L'arresto di Vitaliano era strategico nella lotta alle cosche. Dal ritratto psicologico che del giovanotto aveva tracciato la Svedese quelli che l'avevano catturato si era convinti che Vitaliano fosse un soggetto debole. Per vari mesi la Svedese lo aveva inter-

cettato, usando come un ripetitore l'app che le era stata
installata nel cellulare. Con il materiale che avevano su
di lui potevano affibbiargli una ventina d'anni, «cotta»
inclusa. Speravano che il carcere piegasse Vitaliano. Non
succedeva mai, coi calabresi, ma lui era giovane, molle,
impreparato alle durezze della pena. Non sarebbe stato
indagato per gli omicidi, perché non si doveva tirare dentro la Svedese. Faceva parte dell'accordo.

Sharo non conosceva i dettagli. Sapeva che avrebbe giocato la parte dell'ingenua pupa del gangster, intercettata
a sua insaputa. Era stata costruita una verità di comodo
da ammannire ai giudici. I dettagli le erano ignoti. Santini e il principe non sarebbero comparsi in nessun atto
ufficiale. Sharo aveva capito che potevano contare su una
vasta e solida rete di relazioni. Non aveva idea di quanto
esteso fosse il loro potere: forse, un giorno, il principe si
sarebbe sbilanciato. E forse avrebbe scelto di mantener-
la nell'oscurità. Intanto, con le informazioni captate da
Sharo, la Finanza aveva ricostruito la rete del riciclaggio
dei Currò. Caffè, ristoranti, immobili erano finiti sulla
lista nera. Le guardie si fregavano le mani.

La Svedese aveva assolto il compito con maestria. Era
tornata all'ovile dopo la fuga istintiva e Vitaliano l'aveva
accolta con sollievo. Lei aveva finto di accettare tutte le
sue giustificazioni. Mentre procedevano i piani per il matrimonio, lei si faceva raccontare vita, morte e miracoli
degli imprenditori collusi, le strategie per disseminare
il denaro, i conti ai quali accedere. Dopo l'arresto di Vitaliano si era trasferita dal principe. Disponeva di un'intera
ala del palazzo. Per qualche settimana doveva mantener-
si coperta. Ufficialmente, era anche lei in arresto. Una simulazione a uso e consumo di Vitaliano, che non doveva
sospettare. Un piccolo appartamento in zona Garbatella

era stato assegnato alla madre e a Irina. Tutto andava per
il meglio. Sharo avrebbe sposato il principe. Era già fissato
l'incontro con uno dei massimi esperti dell'inseminazione
artificiale. Sharo: la Principessa!

'Sto posto me sta stretto
mo' me pijo tutto
sentime bene, fra'
i sette colli so' solo l'inizio.

Come le sembrava lontano tutto questo, ora che volava
cosí alto! Eggy... un altro dei tanti poveracci, no? Ma a
volare alto, Svedese, a volte si perdono di vista i dettagli
rilevanti. Quando Vitaliano era stato arrestato, tre guardie
avevano finto di arrestare anche lei. L'avevano strattonata
e sbattuta sul sedile posteriore di una volante. Vitaliano,
già preso da altri poliziotti, aveva assistito alla scena. E a
lei era scappato un sorriso, uno dei suoi. Un sorrisetto di
trionfo. Vitaliano l'aveva intravisto. E aveva capito tutto.

Achille Currò impartí le ultime istruzioni ai due ragazzi e si sdraiò nel vano portabagagli dell'Hummer. Dopo
la cattura del cugino, il vecchio nascondiglio non era piú
sicuro, e Achille doveva trasferirsi ancora piú in alto, sulla montagna. Partito il capo, i due ragazzi scesero a piedi
verso la masseria appena abbandonata dal latitante e mon-
tarono su un Suv regolarmente immatricolato. Le armi le
avrebbero recuperate direttamente nel posto dov'erano
diretti. Erano gemelli, taciturni, fedelissimi. Subito dopo
aver imboccato lo svincolo autostradale per Roma, quello
che guidava sintonizzò la radio su una stazione qualunque.
La voce di Eggy inondò l'abitacolo.

Lo sento il fiato sul mio collo
giro col ferro ma mica crollo
non fottere con me
i miei bro mi stanno a fianco
la notte nun ce dormo
de giorno so' stanco...

Ringraziamenti.

A Tiziana: per le idee, i preziosi suggerimenti, lo sguardo al femminile sulla Svedese e il suo mondo.

A Simona Marazza, Giulia Guccione e Francesco Romolo, consulenti imperdibili.

A Enzo Capozza e a Cesira Sculco per il «calabrian sound».

A Eggy per avermi concesso di usare la sua *Trilogia delle Torri*.

Questo libro è stampato su carta contenente fibre certificate FSC®
e con fibre provenienti da altre fonti controllate.

MISTO
Carta da fonti gestite
in maniera responsabile
FSC® C115118

Stampato per conto della Casa editrice Einaudi
presso ELCOGRAF S.p.A. - Stabilimento di Cles (Tn)
nel mese di giugno 2022

C.L. 25425

Edizione

1   2   3   4   5   6

Anno

2022   2023   2024   2025